河西走廊诗传

河西走廊
仿如时间的峡谷
你在其中
我也在其中

汪泉——著

青海人民出版社

图书在版编目（CIP）数据

河西走廊诗传 / 汪泉著. -- 西宁：青海人民出版社，2025.2. -- ISBN 978-7-225-06793-3

Ⅰ.I227

中国国家版本馆 CIP 数据核字第 2024FP3793 号

河西走廊诗传

汪泉　著

出 版 人	樊原成
出版发行	青海人民出版社有限责任公司
	西宁市五四西路 71 号　邮政编码：810023　电话：（0971）6143426（总编室）
发行热线	（0971）6143516 / 6137730
网　　址	http://www.qhrmcbs.com
印　　刷	佛山市迎高彩印有限公司
经　　销	新华书店
开　　本	890mm × 1240 mm 1/32
印　　张	10.5
字　　数	300 千
版　　次	2025 年 2 月第 1 版　2025 年 2 月第 1 次印刷
书　　号	ISBN 978-7-225-06793-3
定　　价	46.00 元

版权所有　侵权必究

献　词

昨天和明天之间

横陈着时间和文化的脐带

漫长如河西走廊

今夜子时

绕着你的项颈，一圈又一圈

子时，你将诞生

此刻，你将死亡

离开母体意味着死亡

明天张着嘴巴，尚未哭出声

泥沼在云彩诞生前已经诞生

河西走廊，仿如时间的峡谷

你在东头，我在西头

人没有什么区别

时间也没有什么区别

我们从东到西,又从西到东

头顶是屋檐,檐上是祁连

祁连之上,是苍天

像一个追赶黄羊的氐羌人

我们痴痴追赶时间

从清晨追到黄昏

从春天追到夏天

从童年追到暮年

我们抑或追丢了黄羊

我们得到了一条貌似新鲜的

陈旧之道

从西面迎来了佛祖

在这廊檐下被风雪膜拜

头顶的冰川冷峻地察审

西去东来的人依旧勇敢而无畏

奇迹并没有出现

死亡的事时常发生

我是其中的复活者之一

替最早那位败而未弃的羊倌

活了一代又一代

把自己赶进不同时代的牧场

最终还是在不断遗失

乖巧地等待一个荣耀

一个没有走邪路

也没有走正道的头羊

风吹过来,又吹过去

携带的消息总是滞后一步

那些被风吹成巨轮的时间

刚刚转过去。消息的眼神充满失望

风轮运载着我们,走向所谓的远方

跋涉在最终被掩埋的崭新沙碛

上苍之手不断抚平

印在沙上的手纹便是明证

假象之下掩埋着

你被风干的思想

没什么新鲜的事情,只有风

像每一个路过的人一般

不必记住他们的名字

姓氏、性别、老少、高矮

包括那些传播宗教的人

布道的江湖,不再定期给我

鼓励。河西走廊漫长
如千万人生,你的脚骶和车轮
只是在幻相中前行
幻相隐藏在你每一个脚印下
不必悲伤,不必喜悦
请你走一趟河西走廊

献　词	1
第一章　步天之山	1
献　词	1
第一节　沧海横流：潜藏于海底的高原	2
第二节　群峰隆起：凝固的海浪	3
第二章　山川河流：神人共处时	9
献　词	9
第一节　蟠桃的诱惑：西王母的人间	11
第二节　西去之青牛：老子化胡	13
第三节　祁连！祁连！	15
第四节　弱水·流沙	16
第五节　潴野泽·休屠王城	19
第六节　谷水汤汤：河西走廊的开端	22
第七节　讨赖河：酒泉之源	25

第八节	疏勒河：瓜、沙二州之母	27
第九节	党河：敦煌的脉管	28
第十节	悬泉水：以贰师将军的名义	29
第十一节	宕泉：莫高、榆林二窟之侧	30
第十二节	石门涧：仰天大笑出门去	31
第十三节	月牙泉·鸣沙山·玉女泉：最矛盾的和谐	31
第十四节	观音井：真水无香	33
第十五节	泉泽密布：灿若星河	33

第三章　戎羌的故园：长云般的牧歌　38

献词		38
第一节	慌乱中的皈依和反抗	39
第二节	大禹·息壤·雍州	44

第四章　失我祁连　47

献词		47
第一节	月氏国：赤子童真的子民	48
第二节	单于们：诺言之外的武功	50
第三节	飞将军李广：坚如巨石，锐若箭镞	54
第四节	西征途中：卫青、霍去病的巨影	56
第五节	祭天金人：小月氏的沉幡	60
第六节	凉州刺史部：泱泱十三郡国	62

第七节　出西域：迢迢远方的持守　　　　　71

第八节　贰师将军伐大宛：天马归来　　　　75

第九节　段会宗：西域诸国为他发丧立祠　　78

第十节　出居延：荣辱之间的挪动　　　　　79

第十一节　河西五郡大将军：破羌　　　　　85

第十二节　班超：三十一载皓首归　　　　　89

第五章　龙飞凤舞，伏脉千年　　　　　　93

献　词　　　　　　　　　　　　　　　　　93

第一节　张奂·张芝·张昶：行云流水　　　94

第二节　曹全及《曹全碑》：站立在碑上的人　98

第三节　敦煌"五龙"之索靖：

书题莫高，魂归沙场　　　　　　　99

第四节　索琳：胆识超人的小国大臣　　　100

第六章　风来五色　　　　　　　　　　　102

献　词　　　　　　　　　　　　　　　　102

第一节　地动与饥馑交织　　　　　　　　103

第二节　凉州之乱：国家藩卫　　　　　　104

第三节　前凉张氏：尤保华夏衣冠　　　　107

第四节　后凉吕光：归途中自立　　　　　109

第五节　北凉沮渠蒙逊：油菜花的玄机　　112

第六节　南凉：秃发族显赫一时　　　　　115

第七节　拓跋统河西　　　　　　　　　　120

第七章　杨坚的刀锋与杨广的盛宴　　　**122**

献　词　　　　　　　　　　　　　　　122

第一节　杨坚伐突厥　　　　　　　　　123

第二节　隋炀帝西巡焉支山　　　　　　127

第八章　煌煌大唐：失落于繁华　　　　**134**

献　词　　　　　　　　　　　　　　　134

第一节　安氏兄弟的"变脸术"　　　　135

第二节　在吐蕃和突厥的刀刃上　　　　137

第九章　归拢与失散　　　　　　　　　**142**

献　词　　　　　　　　　　　　　　　142

第一节　李轨拔五凉　　　　　　　　　143

第二节　吐蕃陷安西：河西路断鸟飞绝　148

第三节　祁连城败吐蕃　　　　　　　　149

第四节　河西尽失于吐蕃　　　　　　　151

第五节　尚婢婢：归来的大唐故人　　　152

第六节　潮起潮落，如潮归来　　　　　159

第七节　回纥：高车巨辐滚滚来　　　　161

第十章　战火稍息：衰草斜阳中的生机　　168

　　献　词　　168

　　第一节　凉州会盟：崇高的和解　　169

　　第二节　肃王之后，河西渐衰　　171

第十一章　西去。东归　　174

　　献词之一　　174

　　献词之二　　176

　　第一节　法显：五色风中的寻律僧　　184

　　第二节　玄奘：佛影憧憧痴不改　　186

　　第三节　昙无谶：回首已是西天　　189

　　第四节　鸠摩罗什：东去西归　　190

　　第五节　天梯可攀，石窟鼻祖开　　192

　　第六节　法护：清泉不可秽　　193

　　第七节　慧达：明日酒泉有水厄　　194

　　第八节　千佛洞·莫高窟：中西光芒的交汇地　　195

第十二章　姓了李的西夏：唐突而来　　209

　　献　词　　209

　　第一节　回纥击西夏　　210

　　第二节　契丹攻甘州　　215

第十三章　弯弓大雕铁马来　　　　　　　　218
　　献　词　　　　　　　　　　　　　　　218
　　第一节　西夏艰难终结　　　　　　　219
　　第二节　甘肃行省置河西　　　　　　223

第十四章　半世纪的饥饿与禁酒令　　　225
　　献词之一　　　　　　　　　　　　　225
　　献词之二　　　　　　　　　　　　　226

第十五章　朱家的天下：闭关绝西，飞鸟难度　234
　　献　词　　　　　　　　　　　　　　　234
　　第一节　邓愈：祔祭于庙庭的将军　　235
　　第二节　冯胜：安徽将军平定甘肃　　236
　　第三节　甘肃镇：弃敦煌。悬孤。走廊断　238
　　第四节　肃王府迁兰州　　　　　　　240
　　第五节　渐次经略，再通西域　　　　242
　　第六节　李自成遣将攻陷甘肃　　　　244
　　第七节　米喇印反清　　　　　　　　246
　　第八节　甘兵三千赴四川　　　　　　247

第十六章　走廊书声　　　　　　　　　　252
　　献词之一　　　　　　　　　　　　　252
　　献词之二　　　　　　　　　　　　　253

第一节　笔墨纸砚　　　　　　　　　　　254

第二节　甘州：来自大槐树下的泉水　　　255

第三节　肃州学宫：危危乎高哉　　　　　257

第四节　武威文庙：煌然焕彩，繁星满天　259

第五节　敦煌：煌煌文脉，汉唐星辰　　　260

第十七章　长城·烽墩·堡驿　　　　**264**

献　词　　　　　　　　　　　　　　　　264

第一节　遮房障：遮挡了北方的风沙　　　265

第十八章　西路军：血柱擎天　　　　**269**

献词之一　　　　　　　　　　　　　　　269

献词之二　　　　　　　　　　　　　　　270

第十九章　移民：

　　　　　河流的方向，人的方向　　**277**

献　词　　　　　　　　　　　　　　　　277

第一节　匈奴内迁：改道的河流终将入海　278

第二节　昭君出塞：和亲移民　　　　　　280

第三节　匈奴内迁：人潮涌动　　　　　　281

第四节　短命而亡：匈奴姓刘之后　　　　284

第五节　骊靬：来自罗马的传奇　　　　　286

第六节　北匈奴西迁：欧洲舞台上的左衽者　290

第七节　逆行者：匈奴入主欧洲　　292

第八节　移民河西：丝绸之路尘埃飞扬　　297

第九节　入主中原：少数民族东迁　　299

第十节　大槐树下：最后的文化屋檐　　305

第二十章　逃荒之路：灾害中的中原　　308
献　词　　308

第二十一章　西去的列车上　　310
献　词　　310

第二十二章　光风霁月新河西　　314

参考文献　　316
一、历史典籍　　316

二、地方志及文史资料　　318

第一章　步天之山

献　词

得多大的雄心啊，欲举步登天

多么远大的幻想啊，可爱得惊人

谁能登上您的巅峰

摘一颗星辰，献给这尘埃中的

河西走廊，那些行旅之人

一点星光足以送您远行

照出一束光亮

在你疲惫时，点燃一盏心灯

第一节　沧海横流：
　　　　潜藏于海底的高原

4.1 亿年前的大海从时间长河中拥抚大地

一个柔软的母体

身体的弹性如一个突兀的思想

不断发育，成熟

一段时间，她的腹部隆起

正如怀孕的动物，吐纳之间

恰如一次重大的情感变故

一场大病，一场爱恋

喜马拉雅诞生之前

地球上没有昆仑山和祁连山

贝类化石藏在祁连山石中

像隐藏的光荣和梦想

跋涉在巴丹吉林沙漠

你的脚板或被贝壳磕伤

正如你六七十岁的时候

突然见到祖先的初恋女友

这些贝类化石像一个眼神

地质学家确定 4.1 亿年前 [①]

河西走廊是一望无垠的大海

曾经沧海难为水

一次几乎毁灭性的嬗变

原因来自宇宙还是自身

科学家至今也很难判定

正如一个停止呼吸

却未死亡的老人，隐去了大半人生

第二节　群峰隆起：
　　　　凝固的海浪

一定不止于一股力量

在博弈，在厮杀，你死我活

最终，没有谁死，也没谁活

而大海消失，高原崛起

多次痛楚的构造运动

[①]《祁连山地质志》载，地质学家曾在祁连山的不同地区找到了同样的贝类化石，这些化石证明了一个问题：在 4.1 亿年之前，这里曾经是大海。

志留纪① 末期，N55~W65 走向

一系列互相平行的褶带

及所夹岩块组成的巨型拗褶带

老者额头上的褶皱

志留纪时期，陆生植物和有颌类动物出现

那是早古生代的最后一个纪

也是古生代第三个纪

始于 4.4 亿年前，止于 4.1 亿年前

嘴角的皱纹和抬头纹交错

祁连构造体系中还包含

下元古界组成的

东西向构造行迹的残块形成于泥盆纪②

① 黄瑞琦：《祁连山地质结构特征》，《西部资源》，2016 年第 5 期。
② 泥盆纪（距今 4 亿—3.6 亿年前）是晚古生代的第一个纪。由于早古生代加里东运动影响。同时，从泥盆纪开始，地球又开始发生了海西运动。因此，泥盆纪时许多地区升起，露出海面成为陆地，古地理面貌与早古生代相比有很大的变化。在泥盆纪里，蕨类植物繁盛，昆虫和两栖类兴起。脊椎动物进入飞跃发展时期，鱼形动物数量和种类增多，现代鱼类——硬骨鱼开始发展。泥盆纪常被称为"鱼类时代"。

在白垩纪 ① 的祁吕系 ② 西翼褶带完成

它的西部位置以弧形切断古河西系

中部位置与古河西系相连接

陇西系从东段北侧开始强横插入

祁连山向北向东呈扫帚状构造

像哈利·波特年轻的扫帚落下来

祁连山，典型的加里东地槽

① 白垩纪（Cretaceous）是一个地质时代，位于侏罗纪和古近纪之间，约1亿4550万年（误差值为400万）前至6550万年前（误差值为30万）。白垩纪是中生代的最后一个纪，长达8000万年，是显生宙的最长一个阶段。发生在白垩纪末的灭绝事件，是中生代与新生代的分界。白垩纪的缩写记为K，是德文的白垩纪（Kreidezeit）缩写。在白垩纪，盘古大陆完全分裂成现在的各大陆，但是它们和现在的位置全不相同。大西洋还在变宽。北美洲自侏罗纪开始，形成多排平行的造山幕，例如内华达造山运动，与之后的塞维尔造山运动、拉拉米造山运动。

② 祁吕－贺兰山字形东翼反射弧。祁吕－贺兰山字形（简称祁吕系）东翼的吕梁－恒山褶带西南向往北东延伸，呈反射弧，穿过北京西山各地和延庆盆地，进入北京北山。由一系列走向北东－北东东－北西的弧形复式褶皱、槽地和压性断裂组成，即从京西到昌平、顺义、平谷，环绕北京北部平原有一个向北凸出的弧形构造带存在，与物探资料分析结果一致。由于受到强大的新华系切割影响，因此连续性受到影响。

也许便于将来饮马河西

南祁连山乌兰达坂
叛逆。不整合于志留统之上
祁连山在加里东晚期才褶皱成山体
猛然挺起脊梁，从地槽转变为地台
在长时间中处于隆隆的演变中
像后来的蕃人一样
跃马挥刀

祁连山以北是塔里木阿拉善地台
以大断裂为分界线
南界与东昆仑、西秦岭褶皱系之间
而在柴达木北缘和青海南山
其主要以华力西和印支褶皱为主
属于北秦岭褶皱带
古河西系西部受祁吕系和康藏系复合挤压
东部与河西系、陇西系等挤压
地质构造形态被复杂歪曲
像一支又一支东奔西突的部落
将此地隆起到令人心惊的历史舞台

祁连山在天祝毛毛山一带

受到陇西系巨大的挤压改造

其褶皱轴方向逐渐由北西向西转变

昌马西北以及兰州东部地区

又受祁吕系的反复改造

中新生代的地层受到不同程度的掩盖

导致地质构造行迹变得模糊不清

如一度崛起而终究湮灭的月氏族一般

古河西系东西向构造行迹

且东西向构造在古河西断裂破坏的作用下

走向也由北西向南东发生了变化

呈现出一定的扭动行迹

苍龙摆尾，抓铁留痕

这种变化对古河西系也产生了一定的影响

导致古河西系构造线与古东西向构造整合

进而导致古河西系产生了局部弯曲

东西的力量在拉锯、融汇

如一个渐趋清晰的家国模样

对古河西山系的物质成分检测发现

主要成分以沉积厚度在 20000 米的碎屑岩、碳酸盐为主

同时其中还含有大量的中基性火山岩

是古河西系具有早古生代地层的明证

地质运动，构造如人类的撕扯一般

留下的痕迹清晰如下文

第二章　山川河流：
　　　　　神人共处时

献　词

题记：

神话诞生之地，乃人类精神之源

山，是祁连山，有步天之势

山头不少，争高直指

企图超越。超越什么？天

梦幻般的想象，从山巅开始

从山腰开始，从山脚开始

洪荒不堪，神话也不能释其初

似乎总是为神而造

人居于神话的屋檐下

山巅高耸，寒凉难堪
冰川赋予其洁白
这是上苍最后的馈赠
狂妄的梦想随着冰川之泪
开始流浪，放逐，狂舞

并非所有的河流尽皆东去
河西走廊的河流悉数流向西北
尽管命运的尽头是可见的荒漠
却没有一条河流改变方向

一块绿洲，一声鸟鸣
一株雪莲，一个人间
炊烟刚刚升起，河水猛然暴涨
青稞籽实未饱，母河无情改嫁
一些抛弃未曾向庄稼打一声招呼
断然的离别，令人间失格
仓皇的迁徙，千里万里的漂泊
妻离子散时刻，河流在另一个地方等待
仿若多情。人间在此地定义自然
自然却猛然掉头

像一股又一股的军人

纵横驰骋在民间大地和人的灵魂之上

一遍又一遍，嘶叫，呼喊

冲毁。改道。回归。重毁。

它们同根同源，来自祁连山

有时候，它们卑微如奴婢

安静而认命，枯竭而无声

有时候，它们桀骜如暴君

杀伐随意，征战劳民

未来的答案就在现实的河流中

可惜，我们一直没有找到

第一节　蟠桃的诱惑：
　　　　西王母的人间

敦煌三危之山，有青鸟居之

青鸟殷勤，其形美轮美奂

其声婉转动人，动人心者

此乃王母使者，扇动双翅

殷殷而来，为王母取食

款款而翔，为王母送信

所送者何食也？人间烟火味

烟火在处，人所以生息也

所报者何信也？人间信也

人间有信，值得苦寻

穆天子乘八骏西游

受邀登上昆仑之巅

作为西王母国的宾客

在此琼楼玉宇，啜饮佳酿

仙乐飘飘，以乐化人

不知是否品尝了仙桃

波斯国安息长老传说

条支有弱水，近西王母所居

弱水之源头，昆仑之丘

长老远道而来

却未曾见到西王母

河西走廊的蟠桃七月即熟

王母娘娘大开寿宴

每年此月此日，广邀众神

将这人间天界最好的美食

分享。长生不老

其中一颗赐与汉武帝

自此,西域便是其心中圣地

今敦煌三危山巅有王母宫

极西之地,有善良和美食

  长流不息、赓续不断的三千弱水

  高峻超拔、奋起直追的接天云彩

  苍龙伏脉、遮蔽人间的祁连屋檐

中华文明在此长廊下

如烟火一般,西往东来

传递王母一般的善意

养育黄河东西的美好

第二节　西去之青牛：老子化胡

身长八尺八寸,生有异表

孔子问礼时,老子已两百岁

时为周朝柱下史官

周衰,乘青牛出函谷关

西游。关尹喜见紫气逆袭

知有神人过。长帚清道

清水洒尘四十里

迎来。老子授之以长生之道

教戒五千言

人间关口之多，守之何用？

世上关口诸多，渡之何难？

弃而不守，弃而不渡

守望之间，便得自在

遂弃关而随老子去

流沙之西。服食黑胡麻

升于昆仑。何必知其终

又说，老子入夷狄为浮屠

化胡成佛。佛道同源

狄夷自然是西域胡人

"西出关，过西域，之天竺，教胡"

老子的脚步早就踏上古印度的大地

第三节　祁连！祁连！

一条巨龙般的山脉

河西走廊漫漫悠长

其屋檐

阔绰有余，以蔽佑

每个生灵

龙头在西，龙尾在东

最西面就是当金山口

至此，驻足，它举首西望

前面更辽阔雄伟的山脉

是其同胞兄弟天山

它向天山交接了这遥远的走廊

身边是阿尔金山

阿尔金山牵拽昆仑山

西王母在此，大禹在此

道在此

祁连，匈奴语：天

祁连山和天山是一对孪生兄弟，

中国的出口在彼此的襟抱中

完成交接。一杯葡萄美酒

河西走廊和天山走廊
尽头就是霍尔果斯
再西，便是辽阔的中亚腹地
身后是中原大地

第四节　弱水·流沙

昆仑之北有水，其力不能胜芥
弱水三千
貌似托不起一根草芥
芊芊若女子，窈窕柔弱
善利万物，若大地之母
养育了阔大的绿洲张掖

今黑水，曾名：合黎水、羌谷水、鲜水、张掖河、甘州河
源头现今名为八一冰川
高洁若在云端，接天连地
东流至黄藏寺，汇俄博河
西流，入河西走廊

流经甘州、金塔、临泽、高台

有千年大渠数百,灌溉绿洲

缥缥缈缈,宛在天上

或有或无,远非寻常

似在非在,像另一种人生

看似存在,恰似虚构

随性散步的弱水

弱弱地在河西走廊吟唱

大禹,见证并命名此水的第一人

如烟火升起,又消失

"导弱水至于合黎"

逆天而行,天助者何也

必为苍生之火种

如牵着一条云带

大禹引着弱水,去人间烟火处

自山丹东南的源头开始

如牵着顽皮的孩童之手

不再无边地游荡

向西,向西

那里有流沙

人如沙流

除了风,只有你

"余波入于流沙"(《禹贡》)

大禹手指三千年之外的地方

对弱水弱弱地长吟——

此地叫流沙,去吧

它在时间之外

弱水三千,流沙三万

谁如弱水一般远赴时间的怀抱

弱水是赤子

未经察审,奔流而去

烟火了无

烟火升起

烟火不息

流沙长大,改名居延海

一如沙丘上的一缕风

吹皱发痒的沙粒

青春如此寂寥,又如此激荡

心事浩瀚,仿若怀念 4.1 亿年前

将自己成长为一片北漠之海

入内蒙古,称额济纳旗河

有西夏黑水城

终端，东居延海，西居延海

几度干枯。如今东居延海

波涛再现，如一个复活的灵魂

第五节　潴野泽·休屠王城

姑臧城北三百里，今民勤蔡旗一带

《禹贡》之都野，潴野泽[①]

休屠王城所在之地

浩渺无边

汉唐第一大泽也

水有二源头

东北一水流经马城

马城即休屠王城也

谓之马成河

---

① 古潴野泽在今河西走廊民勤县蔡旗堡镇野潴湾村周围。

谷水出姑臧南山

一水北流入休屠泽

谓之"西海"

一水东流一百五十里

入都野泽

谓之"东海"

曾经的大海，灵魂不死

像海洋的一只巨眼

当年沧海，如今桑田

如遗腹子，躺在大漠戈壁

潴野泽如一颗巨大的眼泪

秦汉唐　中国最大的内陆湖

清末，巨眼渐阖

泪花如繁星闪烁

最终湮灭于沙海

大月氏在此建起了休屠王城

单于冒顿手起刀落

结束了大月氏最后的荣光

休屠王的头盖骨溢满了血酒

大月氏的眼神惊飞空洞

像另一场造山运动

尘埃中,大月氏离去

哀歌在焉支山下久久不绝

死亡之神的眼泪洒向伊吾之州

难道那里才是最终之所

祭天金人在霍去病的槊锋上闪着寒光

汉朝的铁骑踏破匈奴王庭

漫漫黄沙,深深浅浅

印着一串被俘王子、奴婢的脚印

一万次回首,汉宫之秋

马监之子弄儿和宫女玩得热乎

错把宫廷当潴野

王子杀弄儿,血亲之血

染红了双手,染红了沙漠

杀子之血色,惊醒了王权

帝国需要这忠诚之血

寄人篱下的成长总是黯然

背弃过去,难道为做当下的奴隶?

潴野泽,迎来一次日出,又一次日落

王城在虚空中等待王的归来

接天的海市蜃楼在被称为海子的地方

幻化出一座又一座城

王子啊，你的城在河西走廊

第六节　谷水汤汤：
　　　　　河西走廊的开端

流动的马牙雪山，长袖载舞的冷龙岭

乌鞘岭、毛毛山、老虎山与黄河流域分界

今石羊河。休屠泽（潴野泽、白亭海）的供奉者

长二百五十公里，自东而西

支流大靖河、古浪河、黄羊河、金塔河、西营河、东大河、
　　西大河。

休屠王城、姑臧城等诸城依河而建

滋养子民，五胡共处三千年

西大河，曾名考来河

上游有红沙河、鸾鸟河、平羌河

出冷龙岭北麓，至石梯子出祁连山

后建西大河水库，滋润金昌大地

东大河，上游有直河、斜河

源于冷龙岭大雪山

东北流经皇城滩草原

出祁连，入河西走廊

后建皇城滩水库，浇灌永昌沃野

西营河，流经武威西南西营堡

源自冷龙岭北坡，东北汇响水河

入武威境内，平原绿洲

后建西营水库，浸润下游田畴

金塔河，流经金塔寺

上游有大水河、细水河、冰沟河、南岔河

源于冷龙岭大雪山

进入南营，后建南营水库

润泽凉州绿洲

杂木河，流经杂木寺

源于天祝冷龙岭北坡

支流牛头河、东路沟、米羊河、响水河、毛藏河

毛藏寺以下称杂木河

灌溉凉州南部七镇肥田

黄羊河，流经黄羊镇

源自天祝冷龙岭北坡

上游名黄花滩河，支流哈西河

经张义堡盆地，北出水峡口

入河西走廊。建有黄羊河水库、电站

古浪河，古名松峡水

上游龙沟河，源于毛毛山北坡

汇张家河、黄羊川河、柳条河

后建十八里铺水库和曹家湖水库

峡长水急，流水潺潺到古浪

入河西走廊

大靖河，源于毛毛山北坡

白虎岭以东，二郎山一带

有西沟、马莲沟、小直沟、酸刺沟、条子沟、庄浪沟汇流

后建大靖峡水库，灌溉大靖绿洲

像一把石羊之须，冉冉飘逸

有坝若干，拦水而灌，命名地名

大坝、高坝、头坝……建坝而居

汇入石羊河，后建红崖山水库

水库建成，下游湖泊消失

现有黄河提灌注入水源，下游湖泊再现

若海市，若蜃楼

浩浩汤汤，谷水悠长

第七节　讨赖河：
　　　　酒泉之源

古名呼蚕水、潜水、福禄河。一名讨赖河。

源出祁连山中段讨赖掌

二源：西曰讨赖河，东曰洪水河

出冰沟河，至酒泉东北汇清水、红水、白水、沙河

流经酒泉、嘉峪关，称北大河

东北出边墙，穿夹山口，经金塔西

威虏河，分派七坝

东北汇天仓河，与黑河汇

入居延海，皆称弱水

沿途湖泊密布，若群星落地

闪耀着跋涉者的穷途

放驿湖：城东南，一名站家湖

铧尖湖：城东南二十里，分大小二湖，中有牧场，放官马

暖泉湖：城东十五里，大湖一围，中有涌泉，四季不枯不

冻，内有一堡

卯来泉（河）：城西南二百五十里泉水涌出，向北东流

九眼泉：城西北八十里，泉滔滔而出

红泉：州西南，古天生桥之水

白亭海：城东北一百四十里，会水以北有白亭，故名

酒泉：城东门外，气味如酒，俗呼崔家泉，古酒泉郡

路家海子：城西，有水汪汪不竭，传说有兽出水。水色黄，
　　以为酒泉

灵泉：城北门外。传有疮疾者，焚香浴水，即愈。

　　城北八十里，即花城湖

明嘉靖三十六年（1557），蝗虫起，飞入肃州

兵备祷告祝词于此

蝗虫入此湖食草草尽，飞出关

入赤金峡而死，庄稼不为灾害

郑家湖：城北七里郑家堡前

苍儿湖：城北二十五里，俗称大湖场

鸳鸯池：城东北七十里，中有泉，产白盐

七个井子：城北二百八十里，属金塔

羊头泉：城北三百三十里，胡虏由天仓河而来至此歇马，
　　要道

沙枣泉：城北二百三十里明朝设堡，安插西蕃、关西各夷

居延海：亦集乃海，城东北一千一百里，俗名三海子。

昆都仑海，北湖肃、甘众水所汇处。

第八节　疏勒河：
　　　　瓜、沙二州之母

源于祁连山西段，疏勒南山冰川群

出昌马峡，过玉门关

一位身着银甲的将士

在飞奔中回眸

热泪涟涟，垂珠而来

自瓜州入敦煌，灌溉玉门北、瓜州

消失于罗布泊

西汉名为籍端水，东汉六朝为冥水

元明为布隆吉勒河（蒙古语：浑浊的河）

明清为疏勒河，又作苏赖河

清岳钟琪议开其西流之水，与党河尾合

以通舟船运输。造船兴工

因渗漏过多，水不通

船沉于双塔堡河底

一个伟大的梦破灭于大漠

第九节　党河：
　　　　敦煌的脉管

源于祁连山西大雪山

西汉名为氐置水，因居住无数氐人

河边设有骑置而得名

西凉时成为甘泉水，朝落夕涨

呼应着白天的干涸，夜晚的润泽

元明称为西拉葛金河、哈尔金河

清为党金河，源于党金山

穿行峡谷四百公里，出祁连山

经肃北县，西北至山阙峰

过鸣沙山，润月牙泉

东北流至马圈口，汇入疏勒河

向西过玉门关北，消失于戈壁

第十节　悬泉水：
##　　　　以贰师将军的名义

山水，若在等待某个人

或仁或善或勇

以激活其魂魄

悬泉等待贰师将军李广利的长剑

沙州城东一百三十里，又名挖密泉、吊吊水

石崖腹中，其泉旁出，细流

贰师将军伐大宛，回至此山

众渴难止，将军以掌抚山

以佩剑刺山，飞泉涌出

三军开怀畅饮，故曰悬泉

人多则出水多，人少则出水少

群人大饮，水即猛下

通人之性，济人之危

仁泉也

后移空谷驿于此，唐永淳二年（683）改名悬泉驿

多出悬泉汉简

字若宽刀薄剑

曾握在历史的手中

时间被切为屑片

第十一节　宕泉：
　　　　莫高、榆林二窟之侧

莫高窟前，又名荡泉，今名大泉

东三危山，西即鸣沙山

源自鸣沙山东麓之高泉

西北流，汇梧桐泉、大泉

穿行于鸣沙、三危之间

汇合苦沟泉水。又西北流

至成城湾，经莫高窟

没于戈壁

河道所经峡谷，自古为敦煌至榆林窟、昌马、肃北之捷径

流水不息，延宕而来

若天赐其性，自在之师也

第十二节　石门涧：
　　　　仰天大笑出门去

源于寿昌县境内

流经石门谷，众水合流

行三十里，入地潜行

难觅其踪，伏脉千里

无卤涧，源于阳关西南，水宽八尺，深三尺

流入寿昌地界二十里

亦如石门涧，隐伏

第十三节　月牙泉·鸣沙山·玉女泉：
　　　　最矛盾的和谐

鸣沙山又名沙角山

风吹沙起，如鼓角铮鸣

沙场点兵，临风引战

又名神沙山，每每西风起

沙随风落于东坡，声若雷吼

城内可闻。人随沙滑

坡下即月牙泉

又名沙井，沙填不满

一夜风吹，鸣沙山如昨

月牙泉亦如昨

所有的前夜，所有的矛盾，所有的归复

泉产铁背鱼、七星草

传说服之可长生，士人亦呼为药泉

环以流沙，弯如月牙

故名。泉之灵也，神之泽也

龙王庙在西侧

敦煌第三景：月泉晓澈

玉女泉：城西北八十五里

月牙泉南有古长城

又传玉女泉有妖龙，噬男女，降霜雹，害田苗

开元三年（715），刺史张嵩斩除妖害

美好的名字，险恶的处境

玉女出浴，月牙高悬

天生的一对，终究丢失一方

玉女今何在，银月夜何深

第十四节　观音井：
　　　　　真水无香

三危山主峰南麓十里观音沟

旧泉券井，水味甘美

绝胜莫高窟前之水

井北有观音庙。庙有碑记

云乃菩萨修身养性之处

石上留有手印两迹，焕然如新

故名观音井也

井水的味道，人间的味道

净瓶洒下，善意满溢

其味若何，真水无香

生命至味若何？若此井水也

第十五节　泉泽密布：
　　　　　灿若星河

东泉泽：沙州城东四十七里

周环沼泽，中多泉水

因在州城之东而得名

初唐置东泉驿。武周废之

汩汩滔滔，若与大地私语

东呼西应，若天穹雀跃的群星

谁在仰望，眸光灼灼久远

一脉不息，万泉眼升腾

烟火人间

东盐泽：东泉泽至东北

西距州城五十里，池中盐自生

供食百姓，故名盐池

今分割为南北两盐池

带着至味而来，洁净无瑕

调和这人间，不至于太过寡淡

大井泽：沙州城北十五里

东西三十里，南北二十里

或云，汉破羌将军辛武贤于其地穿大井

故得名。今泽区垦为田，阶州湖一带

苍茫水域，水草丰茂

神鸟带着泽语，对人间喊话

喊喊喳喳，喋喋不休

终究有人顿悟

荒凉孤寂中，生得一枚五彩之蛋

渔泽：大井泽之东，沙州城东三十里

元封六年（前105）置效谷县

烽火台南二里之墩湾古城

即汉效谷古城旧址

逐水而居者，城也

人散城在，虚空的烟火冉冉而升

曾经的狼烟无厘头浓烈

一些慌张的事情终究散淡

清泉：旧名神泉

州城东北四十里有神泉观

天授二年（691）置神泉驿

开元间，置清泉戍，改清泉驿

泉语滔滔，若神授天机

泄露者，此泉也

横涧：唐代敦煌沟涧

州城东北六十里。南距神泉驿、北距白亭驿各二十里

证圣元年（695）置横涧驿

横陈在时间和历史之间

最终消失得像时钟的指针

四十里泽：大井泽北
周回两百步。约今城北新华农场一带
西北有汉长城
谁的脚步在大泽四周徘徊
来来回回，度量着时间的长度
时间消失，无缘无故
如蒸发殆尽的大泽之水

北盐池：州城西北四十五里
东西九里，南北四里

黑海子：哈喇淖尔
城西北九十里疏勒河古道北侧
地势低洼，碱卤停聚
其水咸苦，不堪饮用灌溉
无用之水在敦煌
若无用之櫄木
或可灌溉时间，或可灌溉天空
像一个孤零零的古人
格格不入地停居在时间之外

旧时河湖涧井泉密布

历代开发灌溉，堰渠池分布有致

若网若织，细密精致

水官逐级分管，滴水不漏

尽得灌溉之力

土地广阔，物产丰饶

古河西走廊之样貌如此者

第三章　戎羌的故园：
　　　　长云般的牧歌

献　词

从岩画中钻出来

赶着羊群，骑着牛马

牵着苍狗，须发飘飞

披发左衽，目光安详又沉静

风吹过来，云紧跟其后

云飘过来，雨雪随后而至

沮丧涌起，烟火在帐篷外飘摇

寒凉难堪，子嗣充满生机

一声口哨，惊起一只麋鹿之耳

一个部落连缀着另一个山谷

那些缓慢的脚步，被驱赶

那些屈服的身影，被质押

粮食和语言从远方归来

我们要更好地生存

那么，战斗是必然

是黑暗中的质疑和行动

逃亡路上的惊恐和黑风暴

无可奈何的归附和依托

生命的短暂和接续

来自天空的呼叫

袅袅而至，声声入耳

像一双手，起伏温柔

停歇下来，倾听我们的方向

竹丝钟鼓，天人共享

第一节　慌乱中的皈依和反抗

1. 无弋爱剑：以粮食为剑

河流至今以羌氏命名

驿站以羌氏命名

头顶羊角,站立于祁连山巅
河西走廊最早的主人
"雍州之域,西戎氏之古墟也"
"乃不畏戎毒于远迩"
戎,殷商的臣服者

姜,羌之别种
与周的关系密切
大量姜羌人融入华夏
春秋战国,羌人建义渠国
领域包括今甘肃东、陕西北
　　宁夏及河套以南地区
是中原合纵连横之主力
与秦战一百七十多年
姜羌诸戎渐为秦所融
而留在祁连山两侧之羌
"少五谷,多禽畜,以射猎为事"

秦厉公时,羌人无弋爰剑被俘
逃回祁连,教羌民"田畜"
自此羌人开始耕田有粮

无弋爱剑,以粮食为剑

2. 自彼羌氐,莫不敢来享,莫不敢来王

周襄王十四年(前638)

秦穆公与晋惠公迁陆浑之戎于伊川

迁姜戎于晋南

"允姓之奸,居于瓜州"

晋范宣子对戎子驹支说

"昔秦人逐乃祖吾离于瓜州"

晋惠公原逃亡在外

得秦国支持才获晋侯

其母亲乃允姓戎之女

允姓戎是他的舅族

故迎合秦国

招允姓陆浑之戎安置于伊水流域

嵩山附近,而姜戎安置于晋南

陆浑戎余族分布于熊耳、外方

诸山之北,黄河之南

又称阴戎,因其原居地已有九州之名

称为九州之戎

南迁后,成为周王新的威胁

威胁来自鄙视和践踏

周文王末年，西戎建义渠戎国
城池二十五座
与秦战四百余年
秦昭王灭之

3. 晋楚争霸：依附的反抗

依违于晋楚之间
周定王元年（前606）
楚庄王伐陆浑
周景王二十一年（前524）
晋国灭陆浑，陆浑酋长奔楚
晋吞灭九州之戎
筑城有其地

宋以后，南羌和西山诸羌
一支演化为藏缅语各族
一支还是羌

4. 戈基人：消失的羌人劲敌

远古，羌人游牧于西北

逐水草而居

雪白的羊是心中之神

战争和自然灾害像难弃之幽灵

如影随形压在他们肩上

不堪重负，被迫西迁南迁

南迁一支中途遇"戈基人"

他们身强力壮，膀大腰圆

岂把羌人放在眼中

双方作战，羌人屡战屡败

石头大，绕着走

羌人不得不弃地远迁

动迁前夜，头人梦中有神示谕

每人颈系白羊毛线

左手持坚硬的白云石

右手握木棍作武器

有此神助，定能反败为胜

一鼓作气打败了戈基人

终于站稳了脚跟

此后分成九支，散居西南各地

羌人在南，开枝散叶

第二节　大禹·息壤·雍州

洪水，以及洪水一样的事
一直在泛滥，从黄帝开始
大地要平安，人要活着
大禹之父鲧做贼，盗了尧的宝贝
　　——息壤

箫韶九成之乐奏响
凤凰来仪，天人共悦
舜帝授权鲧去治水
流沙之地堵水。屡堵屡溃
泛滥，共工触断不周山
天水泛滥，要淹没人间。
九年，或又九年
未成。颛顼之子治水失败

子承父业，大禹治水
反其父之道而行之
疏。宽袍阔袖
在风中招摇着流水

导弱水至于合黎

余波入于流沙

合黎，山丹之西境

张掖东北六十四里，有居延泽

居延泽即流沙也

原隰底绩，至于都野

都野即潴野，大泽也

最终将各个河流导入潴野泽

铸九鼎，划九州。雍州成矣

九州台尚在，兰州城北

《大夏》之乐余音袅袅

河西走廊尚在

雍州之土，黄色

田地是第一等

它东起华山以西

西至帕米尔高原

南至青海南部、四川北部

北至天山以北

前 770 年，周平王定都洛邑，建立东周

此地属雍州，春秋以前为西戎占据

"黑水西河惟雍州"

"河西曰雍州"

"计雍州之境，被荒服之外，东不越河，而西逾黑水"

"西据黑水、东距西河，所言得其实也"

雍州西界酒泉党河

"黑水西河，横截昆仑"

雍州之域，六国至秦

戎氏月氏居焉

汉初匈奴右地

第四章　失我祁连

献　词

终于要失去了

原本是谁的东西，攥在谁的手里

攥在谁的手里，又怎能是谁的

哪个是你的家园，哪个是你的王城

纠结一生，才知道

世界不是你的，也不是我的

那么，无疑，哪里都是家园

那些人生的驿站，如果可以称之为家园

每个灵魂则必须有一块羁縻之地

飘荡处，可在源头，可在归处

千里奔突，杀伐不息

就是为了流浪？

单于、皇帝，争抢的是荣耀

而那些子民呢？息壤

徒劳无益地奔波，有滋有味地追逐

乌发已然如雪

陡然之间，一些部落消失

消失在瀚海，或雪域峡谷

以及星光闪烁的远方

第一节　月氏国：
　　　　赤子童真的子民

如河西走廊的月亮

孤寂而有趣地悬在

荒服之域

周王朝遥遥聆听

来自九天之外的吟唱

月越来越大，月氏长大

河西走廊和祁连山间

重饮肉食

如月一般，流转圆缺

控弦十余万

岂把匈奴放在眼里

河西走廊未经命名

皆为月氏的牧场

偶有黑风暴

如席之大雪

如箭镞之飞沙

秦朝始皇帝元年（前221），秦灭六国

雍州部分土地为月氏驻牧地，随畜移徙

与匈奴同俗，亦称月支、禺知

隶属于雍州，游牧于武威与敦煌

为匈奴劲敌

第二节　单于们：
　　　　诺言之外的武功

1. 冒顿单于：弑父的果决

秦始皇帝八年（前214），秦始皇派大将任嚣、赵佗

率大军经四年征战，平定岭南

设南海、桂林、象三郡

蒙恬斥逐匈奴，收河南地为四十四县

筑长城，因地形，用制险塞

西起临洮至辽东，延袤万余里

渡河，据阳山，逶迤而北

暴师于外十余年。蒙恬常居上郡统治之

威震匈奴

秦始皇帝十二年（前210），月氏势力强大

与蒙古高原东部的东胡两面胁迫匈奴

匈奴头曼单于约在公元前209年

质子冒顿，送至月氏

第四章 失我祁连

奴子

冒顿在月氏的眼皮下

读懂了月圆月缺之故

潜回故乡,鸣镝无情

穿越月亮,直射亲父

寡白的父亲。鲜红的圆月

暗杀。果绝之人生

一声抱怨,鸣飞而去

无声而立,望月

故乡是王的故乡

冒顿自立为王,发兵报复

月氏之长发如火燃烧

大破乌孙国

乌孙部众逃至匈奴

月氏王在凉州筑盖臧城

月氏之月如白玉碎落

云乱西徙。沉重的月亮

2. 老上单于：人头酒碗

前 2 世纪初，乌孙与月氏在敦煌祁连间游牧
乌孙王难兜靡被月氏攻杀（一说被匈奴攻杀）
其子猎骄靡刚刚诞生
匈奴冒顿单于收养成人
后复兴故国。前 177 年—前 176 年
冒顿单于进攻月氏

月氏之王，头盖骨作何用场
如今被老上单于端于手掌
站在凉州大地之上
月氏王之魂在臣民三尺之上的头顶飘荡
曾经的王。满月圆润
映照着你头盖骨中的酒水
老上单于醉意荡漾

月氏之王，酒为谁而酿
你被啜饮，滋味断肠
我们终究不是自己
我们被谁命名，被谁篡改

月光战栗，月氏惊恐转场

大月氏，西徙之路风沙飞扬

月氏战败西迁

至伊犁河流域，赶走当地游牧的塞人

后老上单于与乌孙昆莫猎骄靡合力进击月氏

月氏不敌，遂步塞人后尘亦南迁大夏境内

立国。余者无声，保南山羌

号小月氏

河西走廊自是为匈奴右地

3. 昆邪王：降的杀戮

昆仑之北，王母之所居

春三月，匈奴右地

所有的事情开始酝酿

好的，坏的，终究不好不坏

时间不在乎对错

十八岁，骠骑将军来了

焉支山在尘埃中晃荡

杀。掳你之子，杀你同种

八千首级，怒目圆睁

休屠王休矣。你降矣

祭天金人无人可祭。收

匈奴休矣。为你被质之子
祁连接天，接应不了匈奴
伏脉千里，何故取信于人
皱皱褶褶里藏了多少不快

失我祁连，使我六畜不繁息
失我祁连，使我妇女无颜色

第三节　飞将军李广：
　　　　坚如巨石，锐若箭镞

将军李广，陇西郡成纪（今天水）人
世代善骑射。
汉文帝十四年（前166），匈奴犯
李广以平民身份参军作战
斩获首级甚多，升中郎
曾随文帝出战，杀敌挡猛兽
文帝叹其若生逢高祖，或封万户侯
汉景帝即位，任陇西都尉，后任骑郎将
时，吴楚叛，将军夺敌旗帜，立功扬名
后任上郡、北地、雁门、代郡、云中太守

匈奴犯上郡，将军率几十人遇三匈奴

射杀二，捉其一，乃猎鹰者

随后，匈奴大兵围之

将军令随从下马躺地

匈奴以为诈，莫敢犯

半夜乃去。将军引兵还

马邑城之战，单于下令生擒李广

将军被擒。假死于匈奴网兜

见一良马于其侧，跃然而起

夺马取弓箭，射杀百余追兵

复还营。营伤亡众，当被斩首

后赎为庶民。闲居在家几年

后匈奴占右北平，天子召，以战

匈奴闻之，躲避几年，不敢与战

将军出营夜巡，见一虎卧于草丛

箭没入巨石

元朔六年（前123），李广再任后将军

随卫青由定襄攻匈奴。与张骞分兵击之

将军被困，全军覆没。张骞解围

张骞以行军迟缓，应处死，赎之，为平民

李广多次请求随卫青霍去病击匈奴

皇帝怕其老，未准

元狩四年（前119），准其为前将军
随卫青征匈奴。卫青担心其年高有失
不让其与匈奴交战。令将军绕道从东路出
卫青西路欲捉单于，李广迷路，未能协同
单于逃。卫青派人去李广府查其原因
李广曰，我与匈奴交战七十余回，派我绕道
远。迷路。六十余岁，岂能忍小吏之辱
挥刃自刎。一军皆哭

第四节　西征途中：
　　　　卫青、霍去病的巨影

1. 卫青：一个令匈奴胆寒的身影

元朔四年（前125），匈奴攻入代郡、定襄郡、上谷郡
俘杀汉军数千人。置县改为茶陵侯国
贵霜帝国征服巴克特利亚（大夏）
大月氏统治整个阿姆河、锡尔河流域

元朔五年（前124），匈奴右贤王数侵扰朔方
天子令车骑将军卫青率三万骑出高阙

卫尉苏建为游击将军,左内史李沮为强弩将军

太仆公孙贺为骑将军,代相李蔡为轻车将军

皆隶属车骑将军,俱出朔方

大行李息、岸头侯张次公为将军,俱出右北平

凡十余万人击匈奴

右贤王以为汉兵远,不能至

饮酒,醉。卫青等率兵出塞六七百里,夜至

围右贤王。右贤王惊,夜逃

独与壮骑数百驰,溃围北去

得右贤裨王十余人,众男女一万五千余人

畜数十百万,于是引兵而还

元朔六年(前123),霍去病为骠姚校尉

随卫青击匈奴于蒙古高原,大漠以南

以八百人歼两千。受封冠军侯

元狩四年(前119),漠北之战

汉武帝令卫青、霍去病击匈奴,越离侯山,渡弓闾河

与匈奴左贤王战,歼七万零四百四十三人

俘虏匈奴屯头王和韩王等三人

及将军、相国、当户和都尉等八十三人

乘胜追杀至狼居胥山(肯特山)

在狼居胥山举行祭天封礼

一直攻击至翰海（贝加尔湖），方才回兵

元狩四年（前119），卫青西出定襄
跨过沙漠后与以逸待劳的匈奴伊稚斜单于部相遇
以武钢车阵击溃匈奴主力
掩杀至匈奴要塞赵信城后将其捣毁
匈奴自此无力扰汉

2. 霍去病：世界归附于青春

匈奴惧怕的大汉，只有十八岁
不要轻易和青春较量
如唐吉诃德一般，世界归他
挺矛直入河西走廊

元狩二年（前121），春
擒贼先擒贼王子
八千首级，匈奴飞泪
昆邪王不爱江山，爱其子
休屠王遥乞长安时
首级落地，眼神中闪过
一个十八岁的身影
夏，复出

陇西北地两千里

过居延，攻祁连

三万首级，黑血泯灭

益封校尉

秋，昆邪、休屠恐

欲降。谋降汉，遣使报天子

恐诈，令骠骑将军迎之

休屠王悔，欲西去

与族众会合，免留耻名

念头浮动之际，去病已见昆邪

昆邪杀休屠。四万人马降

分散遣之边塞五郡

昆邪为子而降，为子而亡

去病封狼居胥，功业挂在

匈奴的首级之上

元狩六年（前117），卒

第五节　祭天金人：
　　　　小月氏的沉幡

云阳甘泉山，月氏之旧居

云阳县（今陕西泾阳）西北四十里

属雍州

铸金人，浮屠像也

云阳山下祭天

云天人，三合一

以期安泰

与秦战一百七十年

败。月氏携金人归休屠右地

筑休屠古城

依旧以金人祭天

霍去病破月氏

获祭天金人

月氏失金人，失国

号啕悲愤。封昆邪王为列侯

置五属国① 安置匈奴

其地月氏西迁，空虚

乃遣张骞寻月氏旧部

月氏太子以大夏地广土肥，安乐少寇

不思报仇

乃置酒泉郡、武威郡

去病归。武帝置金人

于云阳甘泉宫

元狩三年（前120），甘泉宫建有六座祠庙

象征汉武帝对北方胡人的怀柔政策

其中三座胡祠与休屠（屠各）有关

径路神祠，祭匈奴的刀剑之神

休屠祠，祭匈奴休屠部的神祠

金人祠，祭匈奴供奉的"祭天金人"

① 五属国：天水、安定、上郡、西河、五原。

第六节　凉州刺史部：
　　　　泱泱十三郡国

汉武帝元封五年（前106）

改雍州为凉州

初置凉州刺史部，辖十州：

安定、北地、陇西、武威、张掖、金城、天水、武都、
　酒泉、敦煌

凉州刺史部治所在陇县（今张家川县）

后置陇西（治所在狄道，今甘肃临洮县南）

后再置汉阳（原天水郡，治所在冀城，今甘谷县东南）

后析出南安郡（治所在平襄，今通渭县东南）

太初三年（前102）乌师庐单于率兵再攻受降城

中途病亡。武帝在五原郡以外兴筑长城

防御匈奴南下。派遣光禄勋徐自为出五原塞外

近处几百里，远至千里以外，兴筑起长城

并筑有城、障、列亭。又命令游击将军韩说

长平侯卫伉率兵驻守，此为光禄塞

汉长城兴筑在五原郡、朔方郡以外地方

简称外城

太初三年（前102）秋，匈奴大举攻入定襄、云中

杀掠数千人，破坏汉所修筑的城、障、列亭

又使右贤王攻入酒泉、张掖，掳掠数千人

汉将任文击走匈奴，悉数救回被掠军民

太初四年（前101），汉武帝与乌孙结好

又将罪臣之后刘解忧封为公主

嫁于乌孙昆莫之孙岑陬为右夫人

同为妾室的匈奴公主左夫人之下

和亲使团西上陇阪，沿河西走廊

过武威、张掖、酒泉、敦煌河西四郡

浩浩荡荡

1. 武威：卧龙神鸟之所

武威郡领县十：姑臧、张掖、武威、休屠、次、鸾鸟、朴、媪围、
　　苍松、宣威

　　户一万七千五百八十一，口七万六千四百一十九

秦时为月氏国地

汉初为匈奴休屠王牧地

治所在武威（今甘肃民勤东北）

西汉后期，辖域为今甘肃黄河以西，永昌县以东，永登、
　　皋兰县以北地区

匈奴破

凉，以其金行，土地寒凉

武功盖世，威名远播

武威郡。武帝置

洛阳西三千五百里

此地，月氏破

哀歌唱尽残月

休屠王城尚在

旧时之月，如昨

祁连若巨龙横卧

卧龙城。南北七里

东南三里

凉州七里十万家

匈奴所筑也

是时，户二万二千四百六十二

口十二万二百八十一

县五：姑臧、神鸟、昌松、天宝、嘉麟

皇帝老儿变来变去

雍凉二名再三切换

王莽称帝后，改凉州曰雍州

武威郡（张掖郡）统辖：姑臧、张掖、媪围（景泰县）、播德、敕虏、郭楚、官楚（宣威县）、西楚（武威县）、南楚、北楚、传武、勒治、揭虏、罗楚、居成、左骑、晏然（休屠北部都尉）、张掖属国

十六县一属国。姑臧县为雍州州治

东汉更始三年（25）六月，光武帝刘秀开国

重新设立雍州，治所姑臧（凉州）

不久撤，后又设凉州牧，治所武威姑臧

建武八年（32），凉州置姑臧夜市

窦融邀请孔奋为署议曹掾，任姑臧长

时天下扰乱，唯凉州独安，姑臧为富邑

通货羌胡，市日四合，每居县者，不盈数月，辄致丰积

酒肆遍地，汉朝最大的夜市

张氏居之，增筑四城

各千步，共五城

张骏筑城南五殿

四时迁居

又起谦光殿

宫门南曰端门

东曰青角门

中城之门曰广夏门

北曰洪范门

南曰凉风门

东曰青阳门

后人又筑二城

大城之中,小城有七

沮渠蒙逊居之,造七级木浮屠

又名七级城,檀道城

城四隅有头尾两翅

一名云鸟城

2. 张掖:襟抱长廊

元封三年(前108),汉朝使者出使西域被杀

汉武帝命大将赵破奴等率军过武威郡

穿越阳关、玉门关西进,攻占楼兰、姑师

元鼎六年(前111),从武威郡分出张掖郡

月氏的月光照亮了匈奴的眼眸

昆邪王的月光照耀了霍去病

大汉张开国之西门,掖河西铁臂

千里河西走廊被重新命名

张掖，这个动词

变成了恒久的名词

张掖郡领县十：觻得（张掖市甘州区西北二十里）、昭武（甘
　　州区）、删（山丹）、氐池（民乐县）、屋兰（甘州区东
　　五十里）、日勒（永昌县定羌庙东十里）、骊靬（永昌
　　县西南二十里者来坝）、番和（永昌县水寨城）、居延（居
　　延海）、显美（永昌县东一百里古城子）

户二万四千三百五十二

口八万八千七百三十一

3. 酒泉：酒香弥漫处

一坛来自天子的美酒

倾入泉中，河西皆醉

犒赏三军。味道鼓舞着西汉军士

大碗喝酒，大块羊肉

西风凛冽，人心向佛

其味醇香，千年不散

李白自碎叶而来，醉

天若不爱酒，酒星不在天

地若不爱酒，地应无酒泉

西去路上，令人陶醉的所在
醉与醒，片刻的光阴
冗长有趣的时光

酒泉郡领县九：禄福（酒泉郡郡治）、表是（东汉时改为"表氏"，高台县西，骆驼城）、乐涫（高台县）、天陝（玉门市东南）、玉门（玉门市赤金镇附近）、会水（金塔县双古城遗址）、池头（玉门市赤金镇西南）、绥弥（肃南县明花区）、乾齐（玉门镇周围）
户一万八千一百三十七
口七万六千七百二十六

4. 敦煌：无边盛大

敦大煌盛。遥望无边的西域
若长河，沿祁连、天山
奔腾而去。接应远途之客
所有的饥渴，所有的疲惫
皆在此中，皆在此外

大月氏本行国[①]也

① 谓游牧民族。

元鼎四年（前 113），南阳人暴利长因犯罪遭刑，屯田敦煌
于渥洼水畔得天马，献之

武帝喜，作《天马歌》

后置龙勒县

佛在敦煌，人间在敦煌

元鼎六年（前 111），赵破奴出令居[①]两千余里

不见虏而还。置敦煌郡

赵破奴筑敦煌郡城

敦煌郡领县六：敦煌、冥安（锁阳城）、效谷（敦煌市转
　　渠口乡）、渊泉（瓜州县小安乡以西）、广至（瓜州破
　　城子一带）、龙勒（敦煌市西南一百五十里破城子）

户一万一千二百

口三万八千三百三十五

5. 金城郡：黄河上游的烟火

固若金汤的远眺

云翳若盖的皋兰山

无边的祁连山在北方呼应

一条河流洪荒无边地流淌

---

① 甘肃永登县西北。

一些事情像历史一样，在此

绕了个小小的雁儿湾

一些细节像羊皮筏子浮荡而去

"花儿"在汉子的口里盛放

牡丹花在此地赤裸裸地明艳

尕妹子变成了黄河母亲

硬朗的人们围坐在街头

端起海碗，碗里盛着绵长的牛肉面

心里装满朝向西域的酸辣计划

西汉金城郡（今兰州）领县十有三：

    允吾（金城郡郡治地，庄浪平番县。一说在永靖县西北，一说在民和县古鄯镇北古城）

    浩亹（一说永登县河桥镇，一说青海乐都县）

    令居、枝阳（永登县苦水乡庄浪河东岸）

    金城、榆中、枹罕（临夏县东南双城堡大夏河北岸）

    白石（临夏县东南小古城）、河关（积石山县长宁驿古城）

    破羌（乐都县碾伯镇东湟水北岸）

    安夷（青海平安县西）、允街（永登县南）

    临羌（青海湟源县东南）

户三万八千四百七十

口十四万九千二百四十八

第七节　出西域：
　　　迢迢远方的持守

1. 张骞：西域的勘探者

乌孙，汉之兄弟

匈奴败北，横冲直撞

插在乌孙、敦煌之间

元朔三年（前 126），武帝封张骞太中大夫

出陇西，单于得之

滞留于匈奴

无辜的安居者

党金山。党河。敦煌

谦卑自牧。牧羊

谁看见山下的万束紫光

闪耀着未来的颜色

畏惧之甚的三危山

被后来者命名为敦煌

皆在眼中。匈奴马蹄声声

大月氏挟尘埃而至

乌孙，西迁

你在远方等待一个人

来了，凿空者

张骞未能扭转你命运的目光

被匈奴羁延期间，得空逃离

行走数十日抵达大宛

为了沟通之便，又找来一名翻译

抵达康居，找到大月氏

此时王子已经击败大夏，称王分地而居

此处地饶少寇，再无报复匈奴之心

张骞逗留一年有余

又被匈奴捉走

正赶上匈奴内部混乱

逃回汉地。第一次描述了西域诸国景象

元狩元年（前122），张骞再次出使西域

厚币招乌孙，不肯

断匈奴右臂之计，不得

分酒泉、武威之地，置张掖、敦煌

为河西四郡

隶凉州部

未动刀枪,只动神色

金钱之名没能收买

乌孙部族

本始二年(前72),匈奴击乌孙

五将军五道救之

二十万兵

地节二年(前68),常惠领兵

逐匈奴,过车师

北千余里

匈奴消失在大漠

2. 郑吉:江南人的西域功业

地节三年(前67)

会稽(苏州)人郑吉出兵车师

攻领其地,开始率军再次屯田

元康二年(前64)

匈奴践踏车师的土地和庄稼

郑吉奉诏回到渠犁屯田

神爵(前61—前58)中,匈奴叛乱

匈奴日逐王眼看无力回天,欲降汉

郑吉发动渠犁、龟兹诸国五万人

呼应迎接日逐王,将其封为归德侯
随即大破车师,招降了日逐王
郑吉因此被封为西域都护
在西域诸国中,设立了幕府
修建了乌磊城(新疆轮台)
都察乌孙、康居三十六国
大汉威名自此远播西域
江南人郑吉以其智慧和胆识
暂时统一了西域

3. 赵破奴：匈奴河边无匈奴

元鼎六年(前111),西羌反
遣将军李息、徐自为讨平
秋,又遣浮沮将军公孙贺出九原
匈奴河;骠骑将军赵破奴出令居
皆两千里,匈奴河边不见匈奴
无功而返
乃分武威置张掖,分酒泉置敦煌
徙民以实之。匈奴与西羌隔绝
断匈奴右臂。西域通

赵破奴,太原郡(晋阳,今太原市西南)人

丝路打通，却有楼兰和姑师小国

在道中，阻挡往来商旅和汉使

不时攻击劫掠

于是派遣从骠侯赵破奴

率领属国骑兵和郡兵数万

出击胡人乌合之众

攻破姑师国，俘虏楼兰王

将酒泉的边塞堡垒前移至玉门

从此，大宛诸国进贡稀罕的大鸟蛋

像一个千斤重的石头盆

还有骊靬人所擅长的吞刀吐火

植瓜种树，屠人劫马之魔术

赵破奴因此功获封浞野侯

第八节　贰师将军伐大宛：
　　　　天马归来

1. 乌孙：无边的游荡

原在祁连敦煌间

文帝时西迁伊犁河

驱逐大月氏，建乌孙国

武帝以江都公主、解忧公主

先后嫁于乌孙昆弥王

太初四年（前101），大宛匈奴入张掖

杀都尉，掠数千人

太初五年（前100），贰师将军

伐大宛，伐右贤王

三万余骑，出酒泉敦煌

千里追击匈奴

击右贤王于天山

斩匈奴首级万余

置居延、休屠二部都尉

至轮台，不肯投降

攻屠之。平安直达大宛

围攻四十余日

大宛乌孙贵人杀王，投降

献大宛马三千匹

汉使自择汗血宝马数十匹

贰师将军得天马，西极马

又令上官桀攻下郁成国

斩其王。东还

沿途小国闻听大宛破

纷纷将子弟作为贡献，入质汉朝

西风起，敦煌北塞下

天马悲鸣而去

贰师在此等候天马归来

此地遂建候马亭

劳劳西望，长风猎猎

天马何可知也

归来

贰师城。贰师泉

2. 十八国遣子入侍：留敦煌

建武二十二年（46）冬

车师前王、鄯善、焉耆等西域十八国

俱愿遣子（太子）入侍汉廷

愿归附汉廷，愿得都护

汉廷还其侍子

时，回莎车王贤自负，凭借箭镞锐利

想要兼并西域，攻击诸国

十八国侍子滞留敦煌

诸国国王通过敦煌太守裴遵上书皇帝

愿意将侍子留在敦煌

汉天子答应了十八国的请求

第九节　段会宗：
　　　　西域诸国为他发丧立祠

自地节元年（前 69）至王莽

西域都护共十八人

自《汉书》立传之外

廉褒以恩信著称

郭舜以廉洁平易著称

孙建以威重著称

其下就属于段会宗

段会宗，天水上邽人

两为西域都护

威信立于西域诸国

诸多小国前往归附西汉

后召回，拜为金城太守

不久，乌孙叛乱

又派其前往西域安辑之

三次到乌孙，最终安定了这个国家

赐关内侯，黄金百斤

七十五岁，卒于西域

西域诸国为其发丧立祠

西域百姓的哀歌震彻天山

天山走廊的尘埃中纸幡如雪

三十六国共建祠堂

恩为百姓，信为百姓

神鸦社鼓，长天落日

第十节　出居延：
　　　　荣辱之间的挪动

1. 路博德：从南越到居延

匈奴左衽之侧

水波潋滟

迎面的人以脑颅为盏

精美的酒具，有人感叹

啜饮自我的灵魂

路博德，山西平州人，武帝时

以右北平太守

从骠骑将军霍去病征西有功

封为邳离侯。骠骑将军卒后

从卫尉（九卿之一）伐破南越
升为伏波将军

从遥远的南越归来
一路风尘一万里
出塞修筑防御匈奴的城堡、边墙
居延城（在今额济纳旗）或是路博德所修
后来因为违反了军规
降为强弩都尉
屯兵居延，卒于居延
居延海对岸的匈奴兄弟
大碗还醑，一饮而尽

2. 李陵：超脱名节

初，率八百骑兵
全然归来。帝以为有李广风范

大宛之马跃来，欲乘其虚
十八万汉军置于酒泉、张掖、居延

边防居延，李广之孙
李陵。接应贰师将军李广利

五千兵马战死。围困

五十万只箭镞射尽

三千兵卒以车辐为剑

峡谷的垒石。与匈奴搏杀

打发兵卒散尽归朝报信

司马迁信然,辩

天汉三年(前98)司马迁四十八岁

受腐刑,成为"刑余之人"

举国辱骂李陵变节

不肯救援

败绩于八万大宛马胯下

降？俘？

无奈胡地雁鸣绝

娶单于之女

居延,永留李陵

天汉四年(前97),武帝派公孙敖率军深入匈奴以迎李陵

公孙敖无功而还。李陵不还

武帝怒,下令族诛

祖父李广的平明白羽永插于

如磐大石之上

李陵的箭镞射向大汉

征和三年（前90），李陵与匈奴大将

率三万余骑

追汉军于浚稽山

汉兵陷于包围

却敌。杀伤虏甚众

留匈奴地二十余年

李陵再不变节，终于胡地

贰师城，在今哈萨克斯坦

3. 苏武：牧羊人之节

天汉元年之前，匈奴扣留汉使

郭吉、路充国等十余辈

汉亦扣匈奴使节

天汉元年（前100），匈奴且鞮侯单于即位

一句谎言蒙骗了一个人

  十九年

"汉天子我丈人行也"

苏武一行百余人送匈奴使者

携钱财宝贝抵匈奴地

通好。谎言揭破

正逢缑王和虞常反叛

绑架单于母后未成

利剑将指苏武之喉

与其被人冤杀，不如自杀

血溅胡廷。胡人皆惊

感其气节，伤愈劝降

不为所动，痛骂：匈奴灭国之日将至

单于怒，将苏武囚禁于地窖

卧雪吞毡，几日不死

遣至北海，后至民勤苏武湖

放言等公羊产羔，即可归汉

苏武掘鼠粮而食，汉廷节旄尽落

残云如絮，愁肠哽咽

李陵投降匈奴，无颜见苏武

当年同为侍中，而今其气节冲霄汉

面红耳赤数年，终于来见苏武

对饮叙旧。劝降

苏武欲自杀断其念头

李陵羞而归，再无脸面相见

让妻子送其几十只羊

直至闻听汉帝死

再劝降。苏武呕血面南

早晚哭吊数月

一只大雁送来苏武未死的消息
传至上林苑
帛书云：苏武还活着
昭帝质询单于，单于讶然
李陵置酒送别苏武
席间羞惭起舞而歌曰：
老母已死
虽欲报恩安将归？
李陵与苏武泪别

十九年后的春天
当年百人仅剩九
苏武须发皆白，归来

民勤的山为苏武山
湖为苏武湖
路为羊路
庙供苏武

第十一节　河西五郡大将军：
　　　　　破羌

窦融·窦固·窦宪：打通五船道

窦融，世代仕宦河西

王莽时镇压绿林、赤眉起义

更始元年（23）窦融归降入关中

谓兄弟曰：天下安危未可知

河西殷富，带河为固

张掖属国，精兵万骑

此遗种处也

即到张掖，抚结雄杰，怀辑羌虏

更始二年（24），窦融获封巨鹿太守

时，战乱未止，他联合来自河西的昆弟窦士，不往巨鹿

而是举兵西迁，屯垦河西，据武威、酒泉、张掖、金城、
　　敦煌五郡。

烽火再次点燃

五郡相依相存驻防

窦融被武威太守梁统等推举为河西五郡大将军、凉州牧、

张掖属国都尉

建河西五郡大将军府、凉州牧府

后在武威筑窦融台，即河西五郡大将军府、凉州牧府遗址

更始时，先零羌等叛

杀死金城太守，据金城郡

建武七年（31），隗嚣叛

窦融劝说归朝，不从

隗嚣贿赂先零羌，结盟

窦融奉光武帝诏书

与河西五郡郡守

及羌虏、小月氏与大军会合，入金城

大破之，斩首千余

光武帝高其功

永平十六年（73），窦固率兵出酒泉塞

仆射耿秉出居延塞

北绝大漠六百余里

不见匈奴而还

拜征西将军

击交河故城

出天山，战败呼衍王军

留并屯军伊吾、卢城

此年冬，又率军深入西域

逐北匈奴，降服车师

永平十七年（74），奉车都尉窦固、驸马都尉耿秉、骑都
　尉刘张

出敦煌昆仑塞，击破白山虏，于蒲类海

遂入车师。初置河西郡

通往西域诸国的五船（伊吾地名）道自此打开

五胡共处，河西翕然共归之

爱人好施，卒于家

永元元年（89），窦宪遣客刺杀太后幸臣

获罪，被囚于宫内；自求击北匈奴以赎死

适逢南匈奴单于请兵北伐，乃拜窦宪为车骑将军

以执金吾耿秉为副，各领四千骑

合南匈奴、乌桓、羌胡兵三万余出征

窦宪遣精骑万余大破北匈奴于稽落山（今蒙古额布根山）

北单于逃走。窦宪追击诸部，出塞三千里，登燕然山（今
　蒙古杭爱山）

勒石纪功，命中护军班固作铭

回师以后，汉和帝拜窦宪为大将军，位次于太傅，在三公
　之上

永元二年（90）七月，窦宪率军出屯凉州

以侍中邓叠为征西将军

窦宪起用凉州武人，统辖陇西、汉阳、武都、金城、安定、
　　北地、武威（凉州牧驻地）、张掖、敦煌、酒泉等郡兵马

永元三年（91），窦宪又遣左校尉耿夔等出居延塞

大败北匈奴于金微山（今阿尔泰山）

北单于奔逃，下落不明

北匈奴从此溃散

窦宪既破匈奴，威权震朝廷

和帝恐其功高盖主，与中常侍郑众定计惩治

永元四年（92），窦宪还朝

帝勒兵没收其大将军印绶，改封为冠军侯

为了架空窦宪，令窦宪到封邑

等其到达，迫令窦宪自杀

第十二节　班超：
　　　　三十一载皓首归

班超，陕西扶风人

初，出任兰台令，书写公文

后投笔，永平十六年（73），班超随窦固北征

建奇功，后从郭恂出使西域

初，鄯善王，礼遇甚厚

后，疏远，懈怠

班超怀疑必有匈奴使者至

深夜率领三十六人

奔袭匈奴营帐

纵火烧杀，匈奴惊慌错乱

班超杀死三人，随行吏兵斩其使者

以及从使三十多首级

其余百余人全葬身火海

次日，将匈奴使节的首级示众

鄯善王愿意纳子为质

归顺汉朝

又出使于阗（今新疆和田一带）

于阗王广德轻慢无礼

此人笃信巫术

请求将汉使的马送给他

作为祭神的牺牲

班超同意：教神巫自己来取马

神巫到，班超斩之，鞭笞其面目

于阗王广德甚是惧怕

斩了匈奴使者，降汉

西域与汉绝六十五年

丝绸之路再次通畅

永平十七年（74），与窦固活捉疏勒王兜题

兜题亲匈奴，废之

立已故王的侄子子忠

章帝建初元年（76），留屯疏勒

建初八年（83），复拜为西域将兵长史

章和元年（87），班超发西域诸国兵马

伐莎车，降之

龟兹诸国兵退散

自是，威震西域

和帝永元二年（90），遣兵击月氏骑兵

杀之。月氏从此遣使奉献

北匈奴反扑。班超坚守疏勒待援

永元六年（94），讨伐焉耆

斩焉耆王

西域五十国纳太子为质

归顺

从公元 87 年至 94 年

班超先后平定莎车、龟兹、焉耆等贵族叛乱

保障了河西畅通

后遣甘英出使大秦（罗马帝国）

至波斯湾受阻而还

永元三年（91）任河西都护

永元七年（95）封定远侯

为西域都护骑都尉

威震西域三十一载

永元十四年（102），以老乞归

归来七十一岁。皓首

旋即生病故

班超之子班勇接其父志

复镇西域

安帝延光二年（123），为西域长史

将兵屯柳中

延光三年（124），鄯善、龟兹、温宿诸国降服

发兵至车师前王庭
击走匈奴。西域前部复通
后多次破匈奴、车师

第五章　龙飞凤舞，伏脉千年

献　词

左手刀枪剑戟，右手笔墨纸砚

使命在肩，伏脉千年

翰墨文章，锋芒凌厉

未曾有半点滞息

行云流水，顿挫有致

皆系苍生喉咙

为生民立命

生祠。并祀

与圣贤齐，凡间高致

河西千里，大地无尽

铺展开来的宣纸和墨香

晕染了中国的颜色

第一节　张奂·张芝·张昶：
　　　　行云流水

西羌散布西北、西南地区

新疆塔里木盆地南沿的婼羌

雅鲁藏布江流域的发羌、唐牦

西南的牦牛羌、白马羌、青衣羌、参狼羌和冉駹羌

永元元年（89），张掖太守邓训为护羌校尉

校尉张纡以不能讨寇

邓训代之，稍以赏赂离间诸部

联合烧当羌部落等共一万兵马胁迫月氏胡

邓训开城悉纳月氏妻子儿女，雍卫之

诸胡相谓："汉家常欲斗我曹，今使君被我以恩信

开门纳我妻子，乃得父母。"

咸叩头曰："惟使君命。"

邓训收其勇锐数百人，合并为义从羌胡

数有功，威信大行

此时，武威人正为妖俗所缠

生子若在二月初五

杀之

生子若与母同月

杀之

生子若与父同月

悉杀之

张奂破匈奴，退鲜卑

旧为梁冀下属

被牵扯免官禁锢

居家敦煌四年

前为迁度辽将军

与段颎争先击羌，不相上下

战后，段颎为司隶校尉

欲驱逐张奂回敦煌，进而加害

段颎刚猛，忍不住上书哀乞

后，皇甫规七次举荐

张奂即任凉州太守

革除旧俗，生子勿杀

凉州百姓为之立生祠

张奂少时云：大丈夫出世，当为国家立功边境

董卓慕之，让其兄长携一百匹绸缎

想要拉拢他。张奂深厌董卓为人

坚辞不受

延熹九年（166），天子召张奂归朝

鲜卑闻听，笑逐颜开

克星走了，可以入塞

夏，联手南匈奴、乌桓

五六千骑，寇掠遍地九郡

秋，鲜卑八九千骑入塞

诱东胡羌，上郡沈氏、安定先零

寇河西武威、张掖

河西不能无张奂

朝廷拜其为护匈奴中郎将

以九卿官职待遇

督幽州、并州、凉州

及度辽、乌桓二营

匈奴、乌桓闻听张奂归来

相继率二十万人归降

光和四年（181）卒，享年七十八岁

张奂为武威太守时，其妻怀孕

梦见自己带着张奂的印绶

在楼上载歌载舞

占之曰：必将生男，也将来到武威，命终此楼

继而生下张猛

建安中张猛为武威太守

杀刺史邯郸商

州兵将太守楼台团团围住

张猛眼见将被擒获

于是纵火烧楼，自焚而亡

张芝，张奂长子

公车前往请他做官，皆不从

人称张有道

尤其擅长草书

家里的衣帛都被他反复练习书法

临池学书，池水都黑了

后世称其为"草圣"

有《冠军帖》《终年帖》等

张昶，张芝弟，亦善草书

曾任黄门侍郎，时称"亚圣"

书有《西岳华山堂阙碑铭》

另著有《龙山史记注》

唐时为柳宗元保存

后毁于火，失传

第二节　曹全及《曹全碑》：
　　　　站立在碑上的人

曹全，字景完，敦煌效谷人

建宁二年（169）举孝廉

官郎中。征讨疏勒王和德

还，升迁右扶风槐里县令

曹全生性贤孝，收养季祖母

饮食起居，伺候周到，无可挑剔

乡人夸赞他：重亲致欢曹景完

后来其弟弟辞世，辞官

光和六年（183），复举孝廉

次年，拜郎中，做了酒泉福禄县令

后来转至郃阳令

正逢张角黄巾军起义

曹全慰老济贫，赈粮施药

修缮城郭，荐贤举能

吏民勒碑称颂

此碑乃《曹全碑》

隶书之经典也，现存陕西历史博物馆

第三节　敦煌"五龙"之索靖：
　　　　书题莫高，魂归沙场

与乡人氾衷、张甝、索紾、索永均考取太学读书

并称敦煌"五龙"

索靖先拜驸马都尉

出为西域戊己校尉长史

有人特表：靖才艺过人，宜在台阁，不宜远出边塞

晋武帝纳之，擢尚书郎

索靖与尚书令卫瓘俱以草书著名

帝爱之。时人誉为"一台二妙"

后拜酒泉太守

惠帝即位，赐爵关内侯

元康中（298—299），西戎反叛

拜索靖为大将军左司马

加荡寇将军，出击，败西戎

太安二年（303），监洛城诸军事

与河间王战，大破其军

索靖也重伤而卒。追授太常

时年六十五岁

后封安乐亭侯

曾为莫高窟仙岩寺题额

流传书法《出师颂》《月仪帖》《急就章》

第四节　索琳：
胆识超人的小国大臣

索靖有五子，少子索琳最知名

靖尤其钟爱，曰：

"琳，廊庙之才，非简札之用

州郡吏不足污吾儿也。"

举秀才，不受郎中之职

曾手刃三十七人，替兄报仇

时人以为豪壮

很快转任太宰参军

后为黄门侍郎，转任长安县令

永兴元年（304），成都王颖劫迁晋惠帝

到了邺城，皇帝慌乱逃亡

索琳迎保皇帝乘舆有功

拜为鹰扬将军

后累立战功。晋怀帝被掠，长安再陷

琳赴安定，纠合一众，频破敌众

大小百战，手擒敌帅李羌

立秦王为皇太子，是为愍帝

屡迁其官，封弋居伯。后升为前将军、尚书右仆射、领吏部、京兆尹

加东平将军

后来，刘曜侵逼王城

索琳为都督征东大将军

持节讨伐，破刘曜

后四次破刘曜

及长安陷，随帝至平阳

刘聪以其不忠，戮于东市

第六章 风来五色

献 词

莽撞的争夺,争夺百姓之命

五色风中,谁的话也别信

烟尘散尽,方知真假

不必跟着他们奔袭。人头

洒血,土地凌乱漂浮

日子,不知道明天的味道

国破国立,你是草民

那么,我为你献上祭词:

你没有践踏冰草和酥油花

你没有毁坏冰川

也没有污染河湖

我们还是要诅咒

那些践踏者，铁马蹄下

永久不息：你的家园，你的生灵

河西走廊，烟火在你们手里

是升腾，还是毁灭

第一节　地动与饥馑交织

建康元年（319），河西走廊自去岁九月

地震一百八十次

山谷断裂，森林被覆

河流改道，山川失形

日月晦暗，城败寺毁

黎民被埋者无计其数

河西大饥，太守第五访

开仓发粟赈灾

第二节　凉州之乱：
　　　　　国家藩卫

东汉中平元年（184），赵谦任汝南太守时败于黄巾军

冬，来自北郡、安定郡、金城郡、陇西郡枹罕、河关等地的
　　两股羌人在凉州举事叛乱

后于路杀护羌校尉泠征

次年春，叛军达数万人

进军汉故都长安。凉州羌乱

东汉中平二年（185），汉灵帝刘宏先后派皇甫嵩、张温
　　前往凉州平定叛乱

仪郎傅燮曰："今凉州天下要冲，国家藩卫。"

中平四年（187），四月，时新任凉州刺史耿鄙任信奸吏

狄道人王国、韩遂以及氐羌等反

耿鄙为平定叛乱，征调六郡兵马讨伐

却因军队发生内讧而被杀

其中耿鄙的司马边章与马腾、韩遂在凉州共同起事

马腾建府邸于凉州城内，也拥兵反叛

共推王国为主，攻掠三辅地区

兴平元年（194）六月，汉献帝刘协分凉州河西四郡为雍州

凉州分出。河西置雍州，设雍州刺史

雍州治武威姑臧，领 14 县，为姑臧、张掖、武威、休屠、揩次、鸾鸟、扑褱、媪围、宣威、仓松、鹯阴、祖厉、显美、左骑千人官。管辖酒泉、张掖、敦煌、张掖居延属国

东汉建安二年（197），曹操南征，

凉州张绣率众投降。曹操纳张济遗孀邹夫人

张绣因此怀恨曹操。曹操闻之，欲密杀张绣

计划泄，张绣先下手偷袭曹操

曹操战败，长子曹昂、侄子曹安民被杀

猛将典韦战死。张绣引兵追击，被曹操击退

于是张绣退回穰城防守，再次与刘表联盟

东汉建安四年（199），张绣听从凉州贾诩建议

再次向曹操投降。张绣到达后，曹操牵手

共宴，其子曹均娶张绣之女，封张绣为扬武将军

建安五年（200），张绣参加官渡之战

力战有功，升为破羌将军

建安六年（201），武威郡王秘密投靠曹操

东汉建安十年（205），张绣跟随曹操在南皮击破袁谭

再次增加食邑，封两千户，独张绣多

建安十二年（207），张绣随曹操去柳城征讨乌桓

未达先死。被谥为定侯

其子张泉继嗣

曹魏黄初元年（220），魏文帝曹丕于十月重置凉州

辖武威等七郡，州治武威郡姑臧

武威郡领姑臧、宣威、武威、揟次、仓松、显美、骊靬、祖厉、

　　休屠、鸾鸟、扑𡋟、张掖、鹯阴、媪围共十四县

凉州牧驻地姑臧，为曹魏牧地，以供应马匹

东汉延康元年（220）十一月，曹丕以曹真为镇西将军

都督雍、凉诸军事，追录其前后功勋

进封曹真东乡侯。曹丕任命安定太守邹岐为凉州刺史

张掖人张进挟持太守在酒泉反叛

率军阻拦邹岐赴任

曹真镇守姑臧，遣费曜进军讨平张进的叛乱

后回洛阳，升至上军大将军

曹魏黄初二年（221），立凉州葡萄酒为国酒

魏文帝为此特颁《凉州葡萄诏》

凉州葡萄酒显赫于京师、苏州、杭州、扬州、南京、福建

从此凉州葡萄酒名动天下，江南尤甚

265年，司马炎取代曹魏建国号为晋（史称西晋）

凉州归入西晋，辖姑臧、宣威、揟次、苍松、显美、骊靬、

番和七县

西晋咸宁三年（277），勇冠三军的文鸯官拜平西将军

都督凉、秦、雍三州军事

大破鲜卑首领秃发树机能

胡人部落二十万人归降

名震天下

咸宁四年（278），时任凉州刺史杨欣，与鲜卑人若罗拔
能战于武威

兵败而死

第三节　前凉张氏：
　　　　尤保华夏衣冠

咸宁五年（279）正月，凉州鲜卑人秃发树机能率众反晋

攻占凉州，晋廷大震

时马隆任司马督，自请招募勇士三千

前往收复。授为讨虏护军、武威太守

斩秃发树机能，克凉州

马隆任武威郡太守，时辖七县

西晋永宁元年（301），西晋亡

张轨为凉州刺史，建立前凉

姑臧即为前凉都城

人文荟萃，经济繁盛，大气雄阔，为北方之最

前凉以富饶著称于西北

姑臧为国之政治、经济、文化中心之一

尤保华夏衣冠，士族北上的最大聚居地

西晋永嘉二年（308），张轨进军西宁

置西平郡，将其纳入凉州版图

属凉州，领四县：西都、临羌、安夷、长宁

西晋永嘉五年（311），分西平郡地

新建武兴郡、晋昌郡，铸货币"凉造新泉"

张轨，护羌校尉，凉州刺史

在凉州十三年，威化大行

凉州大马，横行天下

前凉历寔、茂、骏、重华、耀灵、祚、玄靓、天赐、大豫

九世七十六年

第四节　后凉吕光：
　　　　归途中自立

魏晋南北朝时期

氐人苻坚建立前秦政权

南安羌人姚氏建后秦政权

后秦政权势力处在北魏之南，东晋之北

统治羌人及中原各族达三十三年

陇南的宕昌羌

川甘边境和岷江上游的邓至羌

二者存一百四十多年

从东汉到西晋末年

北方的大部分羌人已融入汉

初，苻坚派吕光讨西域

临行叮嘱，闻西域有僧曰鸠摩罗什

若克之，则携其归用

时，龟兹是西域大国，丰饶富庶，民生安乐

吕光占据龟兹后，士卒皆沉迷于奢华

为安抚龟兹，册立帛纯之弟帛震为龟兹国王

高僧鸠摩罗什正在吕光军中，认为西域乃"凶亡之地"

不宜久留，建议吕光东还

吕光于是大宴将士，征询去留意见

诸将皆不愿留驻西域

吕光遂用二万多头骆驼满载西域珍宝奇玩

并驱赶骏马万余匹

前秦建元二十一年（385）三月引军东归

吕光率大军历经半年跋涉，于当年九月抵达宜禾

凉州刺史梁熙有据境自立之心

不愿让西征军进入凉州

高昌太守杨翰建议派兵据守高桐谷口、伊吾关两处险要

以阻止西征军入境，却被梁熙拒绝

吕光初闻杨翰之策，欲停军观望

杜进力主迅速进兵，遂引军东进

逼近高昌，杨翰开城迎降

敦煌太守姚静、晋昌太守李纯相继请降

前秦建元二十一年（385）吕光军到达玉门

梁熙发檄文责备吕光擅自做主回师

派儿子鹰扬将军梁胤和振威将军姚皓、别驾卫翰率领五万
　　兵众

在酒泉堵截吕光

吕光一面回送檄文到凉州

斥责梁熙没有奔赴国难之诚

数落他阻止归军的罪责

同时，派彭晃、杜进、姜飞等人作为前锋，与梁胤在安弥
　　交战

梁胤大败，率数百骑兵往东逃跑

杜进追捕擒获。四山胡夷归附

武威太守彭济擒住梁熙向吕光求降

吕光斩杀梁熙。吕光入主姑臧

自任凉州刺史、护羌校尉

占领河西之地

前秦太初元年（386），吕光得知苻坚被姚苌所杀

愤怒哀号，下令三军缟素服丧

谥苻坚为文昭皇帝

十月，宣告大赦天下，自称使持节、侍中、中外大都督、
　　督陇右河西诸军事、大将军、领护匈奴中郎将、凉州牧、
　　酒泉公等

建年号为太安

称国，后凉

399 年，吕光病逝，时年六十三岁

庙号太祖，谥号懿武皇帝，葬于姑臧高陵

第五节　北凉沮渠蒙逊：
　　　　油菜花的玄机

399 年二月，段业自称凉王

改年号为天玺，段业创建北凉

置有凉、秦、沙三州。武威郡隶属秦州

仍领姑臧、祖厉、宣威、揟次、显美、骊靬、鹯阴七县

401 年，后凉吕隆即位，改元神鼎，诛杀豪族，树名立威

内外扰攘不宁，人人不能自保

402 年二月，沮渠蒙逊带兵进攻姑臧

402 年十月，南凉景王秃发傉檀攻打姑臧

403 年，在南凉和北凉夹攻之下，吕隆被迫投降后秦

后凉灭亡。姚兴任命吕隆为散骑常侍，公爵照旧

416 年，吕隆因与其子吕弼谋反而被诛杀，暴尸异乡

至此后凉传四代，亡

张掖胡水胡人，沮渠蒙逊

躺在祁连山下，扁都口外

油菜花无边无际，像一个金色的预兆

沮渠，匈奴官号

蒙逊，贵种也

以胡人官号为姓也

东晋隆安三年（399），推后凉建康太守段业
　称凉州王，据张掖
以蒙逊为尚书左丞
四月，蒙逊攻西郡
吕光之子吕纯，率万人抵抗
蒙逊引水灌城
城内数万黎民将被溺，吕纯乞降
张掖频发大地震，三年五十余次

夏五月，蒙逊杀段业
自号大都督、北凉州牧
迁都姑臧，迎昙无谶为国师
东晋义熙六年（410），张掖地震，山崩地裂
蒙逊伐秃发氏
视地震为百战百胜之祥瑞之兆

东晋义熙十三年（417），蒙逊诱李歆于蓼泉
使其将诈降，诱之来迎战
三万兵将伏于无边的芦苇丛中
李歆察觉不祥，引退
蒙逊追而击之
李歆坐骑被射死，无马之将

何以言战，危急之时

副将辛深将自己的坐骑让给李歆

自己战死于兵卒

李歆策马追奔蒙逊一百余里

俘斩七千余首级

反败为胜，据酒泉，称西凉

南朝宋武帝永初元年（420）七月

蛇盘于蒙逊帐前

蒙逊引兵白岩，实攻怀城

西凉李歆被北凉败于临泽

永初二年（421），沮渠蒙逊率两万众攻敦煌

二月，于敦煌三面起堤

堰水灌城。城破，李恂自杀

西凉亡，敦煌归北凉

北魏武帝太延五年（439），张掖入于北魏

是年，秃发保周叛

北魏太平真君元年（440），夏四月

沮渠无讳寇张掖

永昌王拓跋健督军讨伐

秃发保周自杀

北魏文帝大统十二年（546）

西凉州刺史韩裔抚慰河西五郡

西魏废帝三年（554），改西凉州为甘州

第六节　南凉：
　　　　秃发族显赫一时

南凉太初二年（398）十月，后凉建武将军李鸾，献兴城向秃发乌孤投降。同年十二月，秃发乌孤改称武威王

南凉太初三年（399）正月，秃发乌孤从西平迁都至乐都

任其弟秃发利鹿孤为骠骑大将军

秃发傉檀为车骑大将军、广武公，镇守西平

以杨轨为宾客

秦、雍豪门大族皆显赫有位

官吏任用，各尽其能

五月，后凉太子吕绍、太原公吕纂率军讨伐北凉

北凉王段业向秃发乌孤求救

骠骑大将军秃发利鹿孤与杨轨一起救援

吕纂害怕，放火烧了氐池、张掖的谷麦而回

六月，秃发乌孤任命秃发利鹿孤为凉州牧，镇守西平

召回车骑大将军秃发傉檀入朝处理国家大事

八月，秃发乌孤醉酒，骑马奔驰坠下重伤

不久病重，对群臣说："各方祸难还未平息，应立年长者
   为君。"

言毕去世。秃发乌孤共在王位三年，谥号武王，庙号烈祖

其弟秃发利鹿孤继位

赦免罪犯，迁都至西平

十二月，后凉国主吕光去世

秃发利鹿孤闻之，派将领金树、苏翘率五千骑兵屯驻昌松
   漠口

次年，吕纂前来攻打

秃发利鹿孤派其弟秃发傉檀率军抵抗

吕纂士卒精锐，向前越过了三堆

秃发傉檀三军混乱恐惧

秃发傉檀下马，靠着胡床坐下，军心始稳

将吕军打败，斩杀两千多人

吕纂西攻段业，秃发傉檀率领一万骑兵乘虚袭击姑臧

吕纂之弟吕纬坚守南北城而自保

秃发傉檀在朱明门上设酒，擂响钟鼓来犒赏将士

在青阳门显示武力，俘虏姑臧八千多户

南凉建和三年（402），秃发利鹿孤病重

命令车骑将军秃发傉檀继承大业

秃发利鹿孤在位四年而死，安葬在西平东南

谥号康王。其弟秃发傉檀继位

东晋元兴三年（404）秃发傉檀去年号顺后秦

东晋义熙二年（406），秃发傉檀派将领秃发文支讨伐南羌、
　　西虏

大胜。上表后秦姚兴，请求得到凉州

姚兴不允，加封秃发傉檀为散骑常侍，增加食邑两千户

秃发傉檀于是率领军队攻打北凉沮渠蒙逊

驻扎氐池。沮渠蒙逊环城固守，秃发傉檀铲除了禾苗
　　一直到赤泉而返

秃发傉檀向姚兴献上三千匹马、三万头羊

姚兴便任秃发傉檀为使持节、都督河右诸军事、车骑大将军、
　　领护匈奴中郎将、凉州刺史

常侍、公爵依旧，镇守姑臧

秃发傉檀率领三万步兵、骑兵屯驻在五涧

姚兴的凉州刺史王尚派辛晃、孟祎、彭敏出来迎接秃发
　　傉檀

王尚从青阳门出城，镇南将军秃发文支从凉风门入城

宗敞以别驾身份送王尚返回长安

秃发傉檀赏赐宗敞二十匹骏马

在谦光殿大宴文武百官，颁赐金马各人不等

东晋义熙六年（410）十一月，秃发傉檀复称凉王，赦免
　　境内罪犯

改年号为嘉平，设置百官

立夫人折掘氏为王后，长子秃发虎台为太子、录尚书事

左长史赵晁、右长史郭幸为尚书左右仆射

镇北将军俱延为太尉，镇军将军敬归为司隶校尉

同年，秃发傉檀派左将军枯木、驸马都尉胡康攻打沮渠
  蒙逊

掳掠临松一千多户

沮渠蒙逊大怒，率五千骑兵到了显美方亭

打败了车盖鲜卑才返回

俱延又攻打沮渠蒙逊，大败而归

再攻，两军对垒

战争在穷泉展开，秃发傉檀溃败

单枪匹马逃回

东晋义熙七年（411），沮渠蒙逊围攻姑臧

百姓因东苑屠杀一幕而惊慌溃散

垒掘、麦田、车盖各部纷纷投降沮渠蒙逊

秃发傉檀派使者向沮渠蒙逊求和

蒙逊同意。秃发傉檀派司隶校尉敬归和儿子秃发他
去北凉做人质。敬归到胡坑

便逃回，秃发他被追兵抓获

沮渠蒙逊迁回秃发傉檀八千多户

秃发傉檀害怕被沮渠蒙逊消灭，迁到乐都

留下大司农成公绪守卫姑臧

秃发傉檀刚出姑臧城，焦谌、王侯等人就闭城作乱

聚集了三千多家，据守南城

焦谌推举焦朗为大都督、龙骧大将军

焦谌为凉州刺史，向沮渠蒙逊投降

镇军敬归在石驴山讨伐折掘奇镇，战败而死

沮渠蒙逊乘着攻克姑臧的余威来攻打

秃发傉檀派安北将军段苟、左将军云连

乘虚出番禾

袭击沮渠蒙逊的后方

迁三千多家到西平

沮渠蒙逊围攻乐都，三十日未克

欲让秃发傉檀质子方才撤兵，秃发傉檀不以为然

沮渠蒙逊愤怒，建造房屋犁地耕种，作长久计

众臣竭力向秃发傉檀请求答应对方的条件

秃发傉檀把儿子秃发安周当作人质

沮渠蒙逊率领军队回返

412 年，沮渠蒙逊以步骑三万攻克姑臧

将北凉首都由张掖迁都武威，定国都于姑臧

称河西王，在城南天梯山大造佛像

佛像以旃檀瑞佛像为蓝本塑

以消除罪业

一说为纪念其母而塑

领河西四郡、西都、临羌、安夷、长宁、河湟郡、乐都郡、金城郡

第七节　拓跋统河西

北魏太延五年（439），北魏皇帝拓跋焘亲率大军围攻北凉都城姑臧

沮渠牧犍出降，北凉降于北魏

北魏收姑臧城内户口二十余万，改姑臧县为林中县

仍为武威郡治，武威郡分为二郡：武威郡、武安郡

司马金龙与沮渠氏联姻

北魏太平真君三年（442），沮渠牧犍弟沮渠无讳西行至高昌

建立高昌北凉。北魏和平元年（460），高昌北凉为柔然所攻克

沮渠无讳之弟沮渠安周被杀，高昌北凉亦亡

拓跋焘将凉州无数奇珍异宝

和三万多户凉州平民豪族迁至国都山西平城

北魏史上第一次最大规模的抢人才计划

此后对北魏及华北发展意义深远

太延五年（439）十月初一，留下拓跋丕和征西将军贺多罗镇守凉州，并让其与兄永昌王拓跋健镇守北凉故地

同年设置武安郡，治襄武县

北魏只有一个襄武县，在今武威市民勤县境内

太平真君二年（441）九月十九日，永昌王拓跋健去世，谥号庄王

北魏设立凉州镇

太平真君九年（448），北魏派大将万度归西征

率领精骑五千，千里驱驰进兵鄯善

鄯善百姓布满田野，正在耕种

万度归下令秋毫无犯

鄯善的将士和百姓深受感动

鄯善王真达出城迎降

北魏指派韩拔为鄯善王

实行郡县制治理，收取赋税

六百余年的鄯善国亡

公元 535 年，西魏灭北魏，据凉州置凉州刺史，凉州置武威、昌松、魏安、番禾、广武五郡

武威郡领姑臧、林中、襄城、显美四县

第七章　杨坚的刀锋与杨广的盛宴

献　词

和亲。公主鸾车逆风
兵戈息。锣鼓喧天
兵燹暂得消弭，酥油奶茶

然而，他们不息
掠夺，杀戮
无辜的热血。人头睁眼
凌乱的争吵。西风正紧

终究要握手。以佛的名义

这般下去，酥油草将成灰烬

庄稼将被践踏，草根将被断送

西去东归，意义何在

第一节　杨坚伐突厥

开皇三年（583）四月，杨坚下诏

历数突厥种种罪状，大举讨伐突厥

欲"东极沧海，西尽流沙"

誓将突厥打服为止，让其"不敢南望，永服威刑"

派河间王杨弘，卫王杨爽，上柱国豆卢勤、窦
　　荣定，

左仆射高颎和内史监虞庆则

分八路攻伐突厥

凉州总管杨爽率中路军出朔州道

杨爽率李充等四员大将，在白道遭遇
　　突厥沙钵略大军，一场恶战

李充率五千精兵突袭沙钵略

突厥人立足未稳，大败

沙钵略身受重伤，潜藏于草原深处

此时塞外连年旱灾，突厥军粮匮乏

全军只能磨兽骨粉充饥

一时，突厥军损失惨重，冻饿而死者无数

杨爽取胜，提振了隋军士气

幽州总管阴寿率数万人马，出卢龙塞（今河北省喜峰口）

攻高宝宁。高得知隋军大举来攻

急向突厥求救，而沙钵略正被杨爽击败之际

无暇无力他顾，高宝宁弃城出逃塞北

黄龙城被攻破，隋军平定营州一带

不久，高宝宁又带领契丹等

反攻黄龙城。阴寿部将成道昂与其苦战数日将其击退

此后，高宝宁再反攻

为长久计，阴寿派人诱降高宝宁的心腹赵世模和王威

重金悬赏高宝宁人头

赵世模领兵投降，高宝宁无奈投奔契丹

途中为部将赵修罗所杀，隋东北边境平定

东北大捷。西北河间王杨弘率数万大军

出灵州道与突厥相遇后将其打败

另一路由行军总管庞晃率领

出贺兰山包抄敌后，也将突厥打败

窦荣定一路大军，出凉州后在高越原（今民勤县西北）

与突厥阿波可汗大军在戈壁对峙

赤日炎炎，水源难寻

只好刺马饮血解渴

一时，军中疾病成灾，窦荣定无奈持守

时，前上大将军史万岁充军敦煌

闻听窦荣定在本地讨伐突厥，主动请缨

窦与突厥约定，各派一员战将决斗

史万岁出阵，几个回合便斩杀突厥将领于马下

窦荣定立即下令大举进攻，将突厥大军打得连连
　　后退

继而，偏将长孙晟离间加威胁

阿波可汗与窦荣定订立盟约

派人跟随长孙晟前往长安朝拜杨坚

阿波可汗依附隋朝

沙钵略得知此消息，一时怒火中烧

率部进攻阿波可汗所在的北牙大营

大开杀戒，诛阿波可汗之母

阿波可汗回来，见母亲被杀，一时血灌瞳仁

向西投奔达头可汗，借精兵十万

向沙钵略大营杀去，誓要沙钵略血债血偿

北部的贪汗可汗和阿波可汗关系密切

随之投奔了达头可汗

沙钵略可汗的堂弟地勤察素与沙钵略可汗不睦

也转投阿波可汗。突厥分裂为东、西两大势力，
　　连年征战

次年春,突厥苏尼部万余人归附

随后突厥的达头可汗也率众来降

隋朝建立前几十年

生活在青海地区的吐谷浑

时常策马翻越祁连山

劫掠河西走廊的中西商队

充当中西贸易的中间人

甚至强买强卖,控制交易

对丝绸之路构成重大威胁

人们无奈地称为"吐谷浑道"

丝绸之路,时断时续

隋炀帝即位后不久

开始将扩边目光逐渐转向河西走廊

转向吐谷浑、西突厥

修筑连缀长城

推行军屯,解决军粮供给

在山丹培育良马。兵强马壮

有粮有马,国力空前强盛

第二节　隋炀帝西巡焉支山

大业三年（607），隋炀帝选派
　　吏部侍郎裴矩第二次前往甘州
掌管互市，主持中西贸易
联络西域商人，欲重开丝绸之路
裴矩心领神会
早在大业元年接受隋炀帝诏命
到张掖监护贸易时，深入西域腹地
撰成《西域图记》三卷
杨广捧书阅览，欣喜若狂
这位历史上褒贬不一的一代帝王
做了一个宏大的畅想
打通西域，重启中西贸易
委任裴矩经略河西
隋炀帝巡幸甘肃，威慑西域诸国
在张掖举办万国博览会的念头由此萌动

裴矩掌管贸易后
西域诸胡多至张掖交市
充分利用与胡商的良好关系
招引西域诸国来长安、洛阳互市贸易

酒肉并席，倾心交结西域使者
选择高昌（治地在今新疆吐鲁番东）
伊吾（今新疆哈密市）两个地方政权
作为外交突破口，派遣使者
用重利吸引他们到中原朝觐
游说高昌王麹伯雅及伊吾吐屯设等
入朝觐见皇帝，参加盛会
以此促使西域其他政权归附中华

大业五年（609）正月
隋炀帝在铁军护卫下离开国都洛阳
浩浩荡荡开始西巡河西
随行有文武官员、后妃宫女
僧尼道士、舞乐百戏演员等
规模和大业四年（608）北巡五原相当
这是他一生八次巡视的第四次

隋炀帝一行沿渭河、越陇山
四月初到达今甘肃省渭源县
五月初，从今临夏市积石山县
临津关渡黄河，到达青海乐都
隋炀帝决定"陈兵讲武"
调遣元寿、段文振、杨义臣、张寿等

率大军从四面合围吐谷浑余部

战事历时月余，吐谷浑除可汗伏戎等数十骑逃

　　脱外

几乎全军覆灭

仙头王率领十余万人归顺隋朝

六月初，隋炀帝从青海前往张掖

八日，十余万人排成一条长龙

从祁连山扁都口穿越

　　百二十里的险隘峡谷大斗拔谷时

山路崎岖，风雪交加，风霰晦冥

白昼如夜，士卒冻死者大半

十一日，隋炀帝一行到达张掖郡

十六日，召见文人名士

以及当地为官勤奋、堪理政事

立性正直、不畏强御的四科举人

次日带领朝臣前往焉支山

时驻守武威郡的大将樊子盖

早早率兵驻守焉支山，迎接銮驾

河西走廊处于盛大的喜悦之中

焉支山，主峰毛帽山，海拔 3978 米

又作燕支山、胭脂山、删丹山

因产大黄极佳，又名大黄山

位于山丹县东南四十多公里处

水草丰美，山上长满的红蓝花

也叫山丹花，是制作胭脂的上等原料

因单于皇后号阏氏，得名音译焉支、胭脂

于是称红蓝花为焉支花

山因此而得名

裴矩重利诱惑而至的高昌王麴伯雅

伊吾吐屯设等献西域千里之地

至焉支山。隋炀帝龙颜大悦

召见西域诸国使臣，一路焚香奏乐

歌舞喧天。高昌、龟兹、疏勒、于阗、

　契丹等二十七国的国王和使臣

"佩金玉，穿锦罽"

迎立道左，接候御驾

武威、张掖十几万军士身着盛装

和百姓夹道欢迎，观看盛况

"乘骑嗔咽，周亘数十里"

寂寥的草原一时热闹欢腾

旌旗招展，连营数十里

行宫外，布设"斥候"（哨兵）警戒

十八日，鼓乐声中宣诏设置西海（治地在今青海共和县切吉塘一带）、河源（治地在今青海兴海县）、鄯善（今新疆若羌县、汉代楼兰国）、且末（今新疆且末县）等四郡

全国郡达到一百九十个，县达到一千二百五十五个

隋炀帝将青海全境纳入中原王朝

"隋氏之盛，极于此也"

二十一日，博览会正式开幕

踌躇满志的隋炀帝亲临焉支山

观风行殿，盛陈国内文玩

中原帝国的强盛与富足尽现

西域王臣的灵魂为之震撼

观风行殿内大摆千人国宴，款待各国王臣

十方语言，各色人等

觥筹交错，歌舞喧天

杨广为诸国王臣举办了专场歌舞演出

演员来自印度、西域、朝鲜等地

《清乐》《龟兹》《西凉》等九部乐章

并演出汉时从西域传入中国的

杂技"鱼龙漫衍"

宴会大厅观风行殿仅系行宫一部分
殿内臣阎毗"从幸张掖郡"
焉支山行宫大概由阎毗负责搭建
行宫由六合城、六合殿、千人帐组成
其中六合殿可容纳数百人
宴会场面十分宏大

二十三日，博览会再次迎来高潮
隋炀帝背靠焉支山，大赦天下
宣告免除陇右赋税徭役一年
他行军所经之地免除两年
兴致勃勃的杨广在文武大臣
和诸国王臣簇拥下，效法秦皇汉武
　　封禅泰山的礼仪
以君临天下之气概登上焉支山峰顶
祭祀天地神灵，护佑国运昌盛
随着袅袅香烟，钟鼓齐鸣
历时约一周的万国博览会
缓缓落下帷幕

丝绸之路再次畅通
西域三十余国纷纷归服
君王使臣商客相继到敦煌、张掖、凉州、

长安、洛阳、扬州、广州等地访问参观

中西贸易在河西走廊一时繁荣

第八章　煌煌大唐：失落于繁华

献　词

貌似繁华

长安的歌舞，长安的广袖

拂过河西走廊的牧人

一头母羊产羔，血在雪中

无名的头颅，无神的眼眸

鼙鼓震颤，刀光耀亮冰川

弯刀如月，温柔下的劝阻

就像一些暗流涌动的微笑

华丽的皮袍下藏着什么

第一节　安氏兄弟的"变脸术"

公元 581 年二月，北周相国杨坚接受北周静帝宇文阐"禅让"

称帝。国号"隋"，建元"开皇"

随后凉州纳入了大隋的版图

开皇元年沿袭北周凉州总管府

凉州总管由杨坚异母弟卫王杨爽继承

在诸兄弟中杨坚特宠爱杨爽，凉州总管治所武威姑臧

三月，元谐因在杨坚登基时助一臂之力

升任上大将军，封乐安郡公，食邑千户

在吐谷浑进攻凉州之时，杨坚授予大将军

凉州行军元帅

大业五年（609），杨广在山丹的盛会之后

人们渐渐忘记了他的强大

八年之后，暗潮涌动

义宁元年（617）七月上旬，李轨计划攻入凉州内苑城

安修仁趁夜率胡人入城

李轨在城外聚众响应，以助声势

捉隋朝虎贲中郎将谢统师、郡丞韦士政

占据凉州城，结束了隋朝在凉州的统治

领河湟、河西、西域，建凉朝

国号大凉，定都姑臧，建元安乐

公元618年，李轨正式称帝，立儿子伯玉为太子

设置百官，史称大凉政权

李渊称其为从弟

满口仁义的兄弟江湖

出尔反尔的江山社稷

唐武德二年（619），唐高祖李渊派遣安兴贵前往凉州

劝大凉安乐帝李轨归唐，李轨不依

安兴贵遂同其弟安修仁密谋起兵政变，围攻武威

五月，安氏兄弟攻克武威

擒拿李轨，李建成将其押解长安

李轨被李渊所灭。唐朝废武威郡

置凉州大总管府，治姑臧。

安兴贵累拜上柱国、右武侯大将军、冠军将军，封凉国公

赐帛万匹，实封六百户，名列武德十六功臣第一位

安修仁官拜左武侯大将军，封申国公

食实封六百户，名列武德十六功臣第二位

内心的鹰犬，还是他人的功臣

他人的忠臣，还是家国的逆臣

第二节　在吐蕃和突厥的刀刃上

武德七年（624），废凉州大总管府，改置凉州大都督府

贞观元年（627），分全国为十道，另设河西道

河西道、陇右道治所置凉州

武威郡属凉州，辖治沿袭隋朝建置

武德九年（626）四月三十日，李幼良为凉州大都督

率军击败来犯的突厥

长乐王李幼良任凉州都督，性情粗暴

身边亲信百人，皆无赖子弟

经常侵掠当地百姓，私交羌人，扰乱互市

李世民继位，有人告李幼良暗中养士，交结境外

诏遣中书令宇文士及去替代，并按状

左右大惊，欲劫李幼良由间道趋长安自白。未几

太宗赐长乐王李幼良自尽

贞观二年（628）四月，突利可汗派使来唐求援

兵部尚书杜如晦请出兵攻突厥

贞观三年（629）十二月，突利可汗入朝

太宗任命他为右卫大将军

赐爵北平郡王

开元二年（714）十二月，新置陇右节度大使，领鄯（西宁）、秦（天水）、河（临夏）、渭（陇西）、兰（兰州）、临（临洮）、武（武都）、洮（临潭）、岷（岷县）、廓（青海贵德）、叠（迭部）、宕（舟曲）等十二州，以陇右防御副使郭知运为之，以便统一号令，防御吐蕃

是年，薛讷等在临洮大败吐蕃，开元五年（717）七月，吐蕃请和，求用唐国之礼

玄宗不许。于是岁岁犯边，忽和忽战

朝廷乃以郭知运、王君㚟相次为新置河西节度使以捍之

陇右节度使郭知运大破吐蕃于九曲

开元六年（718）十一月，吐蕃自恃兵强，每通表疏

求用唐国礼，言辞悖慢，玄宗怒之

又奉表请和，乞舅甥亲，署誓文

令双方宰相亦著名于其上，实亦唐之礼，玄宗不许

次年六月，又遣使请署誓文，玄宗仍不许

开元九年（721）十月，河西、陇右节度大使郭知运卒

天宝元年（742），又改凉州为武威郡，辖姑臧、神鸟、天宝、昌松、嘉麟、祖厉、令居、番禾等县，重置武威道

至德二年（757）正月，河西兵马使盖庭伦与武威九姓商胡安门物等

杀节度使周泌，聚兵六万。武威七城，胡人据其五，

唯二城坚守。支度判官崔称与中使刘日新以二城兵攻之十七日后始平定

唐广德元年（763）三月一日，赤松德赞曾派韦·赞热咄律攻陷凉州等八城

凉州被吐谷浑部族占据，西北地区均为吐蕃等所有

设"通颊五万户"（以"通颊"指河陇汉区）

西北兰州（今甘肃兰州）、廓州（今青海化隆西南）、河州（今甘肃东乡）、鄯州（今青海乐都）、洮州（今甘肃临潭）、岷州（今甘肃岷县）、秦州（今甘肃秦安）、成州（今甘肃西和）、渭州（今甘肃陇西）等数十州相继沦没

吐蕃尽占河西、陇右之地

凤翔（今陕西凤翔）以西，邠州（今陕西彬县）以北，皆为吐蕃所占领

广德二年（764），凉州的吐谷浑部族

发动兵变，随后占据凉州

联合粟特族群，保据凉州

浑末正式登上历史舞台

唐德宗建中二年（781），吐蕃又攻陷沙州

至此西北诸州尽为吐蕃所有

凉州为吐谷浑部族所有，其事务由慕容家族所掌控

唐宣宗大中二年（848），沙州张义潮乘吐蕃内乱

率众执兵器袭击州府，唐人群起响应

吐蕃守将惊慌逃走，张义潮遂主持州事

遣使奉表诣天德（今内蒙古乌拉特前东北）防御使李丕

请求奏报唐廷。大中五年（851）正月，李丕以义潮表章
　　奏上

宣宗下诏任张义潮为沙州防御使

北宋太祖建隆元年（960），吐蕃部族在西凉府设置西凉府
　　折逋葛支

西凉府六谷部首领潘罗支等自立政权

宋太宗至道二年（996）七月，北宋辖管西凉府

领姑臧、神鸟、番禾、昌松和嘉麟五县

是年七月，凉州吐蕃首领到北宋都城开封贡马

再请宋朝派官员到凉州镇守

丁惟清奉宋太宗诏前往凉州买马

正逢这一年凉州大丰收，吐蕃大为欢迎

主动入开封贡马，并请求派官员镇守凉州

太宗即任丁惟清为凉州知府

真宗咸平六年（1003）十一月，西夏党项族突袭凉州

丁惟清率军民奋力抵抗，寡不敌众被杀

丁惟清驻守凉州八年

仁宗明道元年（1032），李元昊攻占凉州

从此，凉州属西夏版图，置西经略司

景祐三年（1036），西夏在凉州置西凉府，为西夏陪都

神宗前期，为西夏都城

第九章　归拢与失散

献　词

喧哗，掺杂着胡音

舞蹈，旋转着胡旋

鼓点阵阵，暗藏着玄机

兵戎暂息，边缘的河西走廊

长太息以掩涕兮

边地。边地。边地

谁的艰难，我们知道

谁的不息需要多大的代价

安稳。艰难的安稳，一餐

茅屋。土屋。帐房

炊烟。茯茶。歌谣

外加叹息。处在凌乱中

坦然，再坦然

佛曰：五蕴皆空

第一节　李轨拔五凉

1. 所谓的兄弟

唐高祖武德元年（618），前隋西戎使者

曹琼据甘州，拔张掖

自称凉王

大败金城薛举于昌松

西突厥与李轨联合

大败曹琼，走大斗拔谷

欲寻吐谷浑。李轨追击灭之

尽占河西五郡，奉书唐高祖李渊

称从弟大凉皇帝

李渊盛怒，欲降之

武德二年（619）

安兴贵从长安至凉州

李轨封其为左右大将军

安兴贵令其东归

李轨不从，自称西帝

安氏兄弟引诸胡军围城

安兴贵传言：唐派我来抓捕李轨

不从者罪三族

诸郡按兵莫敢动

李轨携妻子女儿，登玉女台

安修仁抓捕而送长安

唐封安兴贵为凉国公，安修仁为申国公

2. 安西四镇：四棵千年不倒的胡杨

贞观元年（627），天下分十道

河西属陇右道

又破吐谷浑，降伊吾，平高昌

遂开安西四镇

贞观十三年（639），侯君集为交河道大总管

率兵攻击高昌，贞观十四年（640）灭之

侯君集分兵掠地，三郡五县二十三城

户八千四十六，口万七千七百三十

置西州郡、安西都护府

留兵以守,勒石记功而返

贞观十六年(642),焉耆、西突厥联手叛乱
侵占伊吾。安西都护郭孝恪率军击败
活捉焉耆王,献京师
以其地为焉耆都护府

贞观中,龟兹王不朝贡
佐焉耆,附突厥
唐命阿史那社尔为昆丘道行军大总管
率十万兵马讨伐
破五城,俘男女数万
派使者劝降小城七百余座
震慑西域。立叶护可汗主持西域事
勒石铭记

显庆二年(657),苏定方欲击西突厥
冒风雪急行军,直捣其牙帐
沙钵罗王逃脱,斩获数万
通道路,置邮驿,掩骸骨,问疾苦,划疆场,复生业
凡是沙钵罗所抢掠者,俱归还
随后命萧嗣业率兵追沙钵罗,擒获
其地置昆陵、蒙池二都督府

高宗显庆三年（658），

左领军郎将雷文成

送龟兹王归国。龟兹大将猎颠聚众叛乱

被屯卫大将军杨胄擒诛

统于阗、碎叶、疏勒、高昌

调露元年（679），西州长史裴行俭

以礼部侍郎身份出使波斯

过西州四镇，扬言等天凉再西去

裴行俭召四镇酋长聚集兵马

貌似狩猎，实则向西急行军

突厥猝不及防

生擒突厥王阿史那都支。归

武则天长寿元年（692）

武则天任命王孝杰为武威行军大总管

联合左武卫大将军阿史那忠节率军西征吐蕃

收复四镇，置安西都护府于龟兹

常驻汉军三万人戍守

天宝元年（742），置十道节度经略使

以河西节度阻断吐蕃、突厥交通。治凉州

以陇右节度防御吐蕃。治鄯州

以安西节度安定西域，统辖龟兹、于阗、焉耆、疏勒四镇
　　治龟兹

玉门、阳关以外扩地三千多里

金城郡地，兰、鄯、廓、洮、河、积石等州军

及汉代河关、临羌极边之地

远超汉代，四十多年无烽火

禾菽一望无际。安西都护府开安远门

刻字：西极道，九百九十里

戍边之人不再行万里之遥

凉州领县五：姑臧、神乌、番禾、昌松、嘉麟

甘州领县二：张掖、山丹

肃州领县三：酒泉、福禄、玉门

瓜州领县二：晋昌、常乐

沙州领县二：敦煌、寿昌

伊州领县三：伊吾、纳职、柔远

西州领县五：高昌、交河、柳中、蒲昌、天山

庭州领县三：金蒲、蒲类、轮台

第二节　吐蕃陷安西：
　　　　河西路断鸟飞绝

唐武德六年（623）六月，瓜州总管贺若怀廓率部

　　抵沙州（今甘肃敦煌西），正逢西沙州人张护、李通谋反

贺若怀廓率几百人退保沙州子城

凉州总管杨恭仁派兵前去援救

被张护等打败。张护等攻子城，杀死贺若怀廓

拥立汝州别驾窦伏明为主，率兵围攻瓜州

瓜州长史赵孝伦将其击退

九月，窦伏明率众降唐

天宝前，吐蕃曾攻陷安西四镇、瓜州、玉门

至德元年（756），吐蕃取巂州（四川西昌）及武威诸城

翌年，取廓、霸、岷等州及河源、莫门二军

宝应元年（762），陷临洮，取秦、成、渭等州

次年，破西山合水城

再明年，入大震关，取兰、河、鄯、洮等州

乾元后，陇右、剑南西山

三州七关三百卫所

尽被吐蕃国掌控

见河湟千里旧地

陇右之地尽亡。吐蕃又入泾州，破汾州，广德元年（763）

十月入奉天（陕西乾县）

入长安。代宗逃亡陕北

吐蕃兵留京师十五日而撤离

是年，围攻凉州。河西节度使杨志烈跳保甘州

凉州亡。贞元中，又入侵灵武，陷盐、夏二州

北庭沙陀别部反叛附归吐蕃，攻陷北庭都护府

安西道绝。元和三年（808），吐蕃攻陷安西都护府

广德后，肃、甘、瓜、伊、西州尽陷

第三节　祁连城败吐蕃

王君㚟：青海长云暗雪山

开元十四年（726），吐蕃西诺罗入侵甘州

入大斗拔谷，遂攻入甘州火乡聚

河西节度使王君㚟勒马不动

等到大雪漫天、兵刃落霜之日

吐蕃军实在受不了寒冷

只好翻越祁连山，驮着抢劫的财物缓缓归去

王君㚟令人潜入敌军归途烧毁草原，乘对方人困马乏之际

联合秦州都督张丙猷

滑冰飞雪来到青海，大破吐蕃

王君㚟，瓜州常乐人

骁勇善骑射，以战功累迁太子右卫副率

郭知运死后，任河西、陇右节度使

迁右羽林军将军，判凉州都督事

唐初，吐蕃发兵扰唐十余年

甘、凉、河、鄯各地，不胜其弊

唐师虽屡次大捷，但所得不偿所亡

宰相张说劝李隆基和好吐蕃

皇帝不以为然，要和王君㚟商议

王君㚟年轻时常往来于回纥诸部落之间

一时成为河西节度使

回纥各部落首领都暗里耻笑

王君㚟多次征讨

和回纥诸部的梁子越结越深

其中，回纥瀚海司马护输

指责王君㚟对待各部不公平

和吐蕃军取小道会合突厥军

王君㚟马失前蹄，没有识破护输的诡计

率领军队抵达肃州，一场掩杀

等他折回甘州途中，遭遇护输一场伏击

王君㚟失去了符节，左右亲信皆被杀

敌军掏出死者的心，说这就是始作俑者的下场

王君㚟率领手下兵将力战，终因寡不敌众

所率兵将皆亡，他也战死

护输令部下驮着王君㚟的尸体

准备翻越祁连山投奔吐蕃

唐军大败的噩耗传回

王君㚟部下驰援已迟，策马急追，誓要抢回节度使

护输见大事不妙，只好抛下尸体

唐玄宗李隆基闻听，痛哭流涕

谥赠大都督之号

亲自为他书写碑文

第四节　河西尽失于吐蕃

吐蕃从未停下征讨河西的步伐

开元十四年（726），萧嵩为河西节度使

和吐蕃大战于祁连城下

副将杜宾客率军出战

151

从早晨战到黄昏

总算斩杀了一名吐蕃将军

吐蕃军溃败，哭声响彻祁连山

十一月，河西地震

大地开裂，訇然声动

房屋掉进了裂缝

张掖最为严重

天宝"安禄山之乱"后，肃宗经略两京

河西兵将几乎全部调到东部

吐蕃趁此机会，尽陷河西诸郡

第五节　尚婢婢：
　　　归来的大唐故人

元和十二年（817），吐蕃大赞普卒

元和十四年（819），吐蕃大军十五万

杀入大唐河西盐州，并用飞梯和鹅车攻城

盐州刺史李文悦率精兵夜袭蕃营

斩杀一万余人，朔方节度使部将史敬奉

又从吐蕃军后方突袭

蕃军震恐，最终撤退

当时吐蕃压得回纥气喘吁吁

大唐河西之地也几乎被吐蕃所侵占

沙州刺史周鼎为大唐坚守孤城

吐蕃大赞普率军亲征

将蕃王大帐移至南山，作为前线指挥部

周鼎闻讯，慌忙向回纥求援

而回纥自身难保，一年也没有派出一个援兵

周鼎准备焚毁城郭，带军卒百姓往东逃奔

众皆以为不可

周鼎欲派都知兵马使阎朝

带着军中武林高手前去察看附近的水草地

阎朝发动兵变。早上辞行时，将周鼎活活勒死

自己做了沙州刺史，向吐蕃献城投降

可吐蕃大王也不信任他，将毒粉放在他靴中

将其毒杀。从此沙州被吐蕃奴役

吐蕃人只准他们每年祭祖一次

方可穿唐装汉服，哭拜完之后就得收藏起来

唐宪宗做了十五年皇帝，却被太监们活活害死

太子李恒即位，唐穆宗

吐蕃大军杀到了灵武，被灵州守兵击退

后来蕃军又进犯泾州，依水扎营

连绵五十里，杀气腾腾

唐穆宗长庆元年（821），回纥又与大唐和亲

吐蕃大王立马派兵侵入大唐，被唐军驱逐

吐蕃王于是又遣使来议和，乞求订立盟约

唐穆宗传诏答应。结盟当天，吐蕃大军进驻鲁州

灵州节度使李进诚与之激战于大石山

唐军大破吐蕃军

长庆二年（822），大唐使臣进入兰州

旧时唐人见到大唐使者的麾盖

纷纷夹道迎接，七八十岁的老人跪地叩拜

哭着问使者天子安否

之前从军被俘沦陷于敌国

如今在这里都有了子孙

只是未忍忘记大唐衣冠

不知道朝廷还念及他们否

大唐王师何日收复失地

说完之后呜咽不止

唐穆宗做了三年多皇帝，服食"金丹"中毒而死

十五岁的太子李湛即位，唐敬宗

没到两年，被身边太监杀死

弑君太监拥立穆宗之弟绛王李悟为帝

而另一拨太监则扶立穆宗次子李昂登基

最后绛王派系被灭，李昂成了唐文宗

唐文宗对外重用封疆大吏李德裕

对内重用牛僧孺为相

大唐的国势又稍有振兴

吐蕃也不敢再轻易入侵中土

还时常朝贡，献上牦牛、羊、马、骆驼

后来唐文宗想要彻底清除宦官

准备让几个太监首脑去替他采集"甘露"

然后设伏诛杀。结果机密泄露

唐文宗后被太监软禁，最后抑郁而终

此时，吐蕃大赞普可黎可足大王也被权臣控制

内斗频繁，不能与大唐对抗

两国边境相对比较安定

可黎可足大赞普在位二十余年病故

其弟达磨赞普即位。达磨嗜酒如命

喜欢游猎，好女色，性情凶暴寡恩

吐蕃政局更加混乱

唐文宗开成四年（839），吐蕃遣使来长安朝贡

唐文宗驾崩后，太监们罔顾他的遗诏

强行立文宗的五弟颍王李炎为帝，是为唐武宗

唐武宗会昌二年（842），达磨赞普被僧人所杀
权臣们将其妃子綝氏哥哥的儿子
乞离胡立为赞普，乞离胡只有三岁，其母当国
吐蕃大相国结都那不肯向乞离胡赞普跪拜
"赞普的支属那么多，为什么要立一个外姓子呢？"
说完就被左右击杀。哀哭之声使人心悸
吐蕃国自此纷争不断
蕃国落门川讨击使尚恐热，生性狡诈
他有三部落一万铁骑
总想攻打吐蕃鄯州节度使尚婢婢
派兵杀到了大唐渭州地界
他与吐蕃大相国尚思罗也在薄寒山大战
把尚思罗打得落荒而逃
诸部纷纷投降，军队壮大到十余万之众
尚思罗后被捉勒死

尚婢婢原是吐蕃属邦羊同国人
世代为吐蕃勋贵。他起初只是一个闲散文人
不喜欢当官，却被大赞普强征入仕
当时吐蕃国人都不承认乞离胡赞普
尚恐热又自号为国相
以重兵二十万征讨尚婢婢
军马连绵千余里，尚婢婢立马给尚恐热写信

佯装请降。尚恐热也非常欣赏他的文才：

"婢婢只是一介书生，不懂得军事

如今见我大军将至，就立马投降

真是识时务者也！我做了赞普之后

就封他为国相！"

于是大军退到大夏川，等待尚婢婢来降

哪知尚婢婢在河州之南设好四万伏兵

派人到山顶朝下百般辱骂尚恐热是国贼

又命人放箭将"骂书"射入其营寨

尚恐热大为震怒，发兵冲入尚婢婢的伏击圈

尚婢婢军马佯装败退，尚恐热追击数十里

突然四周伏兵尽出，风雨大作，河水倒灌

尚婢婢对兵将说：你们原本都是唐人

吐蕃没有真正的领袖，不如一起归顺唐朝

否则会被尚恐热当作狐狸兔子一般猎杀

一时，兵将愤然，杀气腾空

尚恐热惨败，投河溺死者不计其数

尚恐热猜忌部将，胡乱杀戮

其部将纷纷向尚婢婢投降

尚恐热只好退兵。第二年又复攻鄯州

尚婢婢分兵五路拒守，尚恐热再次惨败

此后连年出兵，连年惨败

当时的唐武宗服食"金丹"

驾崩于大明宫,太监们又拥立李忱为帝

即"小太宗"唐宣宗

尚婢婢屯兵河源,怕尚恐热来攻

于是派兵主动出击,竟被尚恐热所灭

尚婢婢亲率精兵阻挡尚恐热大军渡河

未胜,焚桥而走。尚婢婢粮尽草绝

只好引军至甘州西境

尚恐热部下多人投奔尚婢婢

尚婢婢后来不知所终

尚恐热众叛亲离,请大唐出面平定吐蕃国内乱

并求唐皇册封他为大赞普

唐宣宗闻讯后,传诏太仆卿陆耽持节

　前往尚恐热军中慰劳

又命泾原、灵武、凤翔、邠宁、振武五大节度使出兵驰援

尚恐热见唐宣宗赶鸭子上架

只好勉强跑到长安来朝见

可当唐宣宗命宰相问他去就何地之时

他却倨傲自夸,以求河渭之地做大唐节度使

唐宣宗听闻之后,拒绝

尚恐热出长安,掉头就说:

"我举大事,就是想以此渭河为界,

与大唐平分天下！"

带兵跑回落门川，收拾残部

不断袭扰大唐边境

唐宣宗命边关诸镇守军迎头痛击

尚恐热最终被尚婢婢部将

　　吐谷浑人拓跋怀光砍断双腿而死

他的首级被送到长安

吐蕃大赞普乞离胡也不知所终

河西、陇右的老人千里跋涉到长安

跪拜在宫门之外，唐宣宗亲自登上延喜楼

赐予大唐冠带

他们解开吐蕃式的辫子

脱掉蕃装胡服，换上渴慕已久的汉人衣冠

第六节　潮起潮落，
　　　　　如潮归来

唐大中五年（851），沙州豪杰张议潮

带领瓜、沙、伊、肃、甘、西、肃、兰、鄯、河、岷、廓
　　等十一州

派使向唐告捷，唐宣宗加封张议潮

为沙州防御使、归义军节度使

不久,吐蕃国河、渭大将尚延心

也向大唐请降献金

大唐秦州刺史高骈又诱降尚延心

  所有的部众万余帐人马

尚延心被授予武卫大将军

唐宣宗做了十三年皇帝

因服"长生药"而驾崩

太子李漼在太监的拥护下登上皇位

这就是唐懿宗

懿宗咸通二年(861),张议潮又将凉州收复

咸通七年(866),高昌回纥大首领仆固俊

  大唐鄯州城使张季颙

  邠宁军节度使薛弘宗

纷纷出兵与吐蕃军大战

唐懿宗咸通八年(867),张议潮入朝

被授予右神武统军指挥使

并赐予府第良田

自此定居长安,他的大侄子张淮深

留在西域做归义军节度使

一代名将张议潮在咸通十三年(872)去世

第七节　回纥：
　　　　高车巨辐滚滚来

1. 垂发不剪，待天子命

回纥可汗历代受唐朝的封号

回纥部落最初分布于贝加尔湖以南

是敕勒诸部的一支

敕勒是公元前 3 世纪各部落联合体

狄历、敕勒、铁勒、丁零等名称均是同译音

其大车"车轮高大，辐数至多"

又被称为高车。有袁纥、薛延陀、契苾等十五部

北魏时，敕勒一部袁纥

游牧于伊犁河、鄂尔浑河和色格楞河流域

　　处于突厥汗国奴役之下

隋称韦纥。隋大业元年（605）

袁纥部反叛突厥，与仆固、同罗、拔野古等

　　成立联盟，总称回纥

隋大业元年（605），回纥联合

　　仆骨等部族反抗阿史那部族，逐渐强大

唐贞观二十年（646）得唐朝助力，灭薛延陀

首领吐迷度接受唐朝的封号

  ——瀚海都督府都督

其后人婆闰、比栗、独解支、伏帝匐、承宗

  "皆受都督号，以统蕃州"

唐玄宗天宝三年（744），其第六代孙骨力裴罗

得唐朝之助，灭后突厥

正式统一漠北，被唐封为

  怀仁可汗、左骁卫员外大将军

回纥的漠北政权凡传十五世而亡

其中只有四位可汗未受唐朝封号

顿英贺（780—789）初立时

  遣使到唐，曰："今可汗初立，遣使来告

垂发不剪，待天子命！"

2. 在怀抱内外

回纥首领及其下大臣受唐任免

唐也直接任命其为内地官吏

  或加以惩罚之权

吐迷度的曾孙独解支（680—715）

  被唐朝继立为瀚海大都督后

其"亲属及部落征战有功"

"并自碛北移居甘州界"

伏帝匐（715—719）立

　即因父有功

　被唐任命为河西经略使兼赤水军使

唐武后时（684—704）

　回纥劲敌后突厥兴起

　回纥人不堪压迫

　回纥、契苾、思结、浑四个部落

　徙居甘、凉二州间

　后回纥瀚海司马护输杀王君㚟

　唐廷将回纥瀚海大都督承宗（722—727，伏帝匐之子）

　流放瀼州，唐朝更立其子伏帝（727—744）

　　为瀚海大都督

唐对回纥可汗的"可敦"（皇后）

　　和其他高级官吏有任命惩罚之权

乾元二年（759），回纥葛勤可汗（747—759）之子

　　叶护及大将骨咄特勒（应作"勤"）

助唐平定安禄山之乱有功

唐封叶护为左羽林军大将军员外郎

　　骨咄特勒为银青光禄大夫鸿胪卿员外郎

唐宝应元年（762），回纥牟羽可汗（759—780，葛勒可

　　汗之子）

助唐平史朝义之乱有功

"可汗、可敦及左右'杀'（又作'设',意为突厥的领兵官）

　　……加实封二千户"

"左杀封为雄朔王，右杀封为宁朔王

　　胡禄都督封为金河王，拔览将军封为静漠王

　　诸都督十一人并封国公"

贞元八年（792），唐朝封回纥可汗养子

　　药罗葛灵为"检校右仆射"

3. 唐朝征调回纥之军

唐朝的兵力基础是府兵

府兵是农兵，也从事牧业

不宜长时间离开田园

唐初在边境上另设戍军

其防地称为军、守捉、城、镇

所以边兵又称镇兵

贞观四年（630）唐灭东突厥

贞观二十年（646）唐灭薛延陀

回纥出兵助唐

贞观末年（649），西突厥可汗阿史那贺鲁谋

取唐朝的西、庭二州

唐发府兵二万，合回纥骑兵五万反击

唐朝首次正式调遣回纥兵从征

显庆（656—661）初，唐廷擢

  苏定方任伊丽道行军大总管

  率燕然都护任雅相、副都护肖嗣业

  左骁卫大将军瀚海都督回纥婆闰等穷讨阿史那贺鲁

阿史那贺鲁大败，西突厥灭

4. 回纥兵平定安史之乱

玄宗天宝十四年至代宗广德元年（755—763）

首尾十四年间，中央势力日衰，地方节度使权力愈重

安禄山、史思明叛乱

天宝十四年（755）冬，安禄山以讨伐"国舅"杨国忠为由

攻陷"两京"，玄宗出走

太子李亨西奔灵武即位，是为肃宗

回纥葛勒可汗（747—759）

遣其子叶护率领精兵四千余人

还有西域的回纥军参与

"时朔方节度使郭子仪以回纥兵精，

  劝上益征其兵以击贼"

于陕西凤翔、扶风一带部署兵力

唐将郭子仪先留宴三日

叶护说道:"国家有急,远来相助,何暇食为?"

安禄山之乱平定后,唐肃宗返回长安

诏书盛赞回纥人的功劳:

　　"功济艰难,义存邦国,

　　万里绝域,一德同心,

　　求之古今,所未闻也。"

5. 保卫北庭,收复轮台、西州

唐北庭又名庭州,在今新疆天山北吉木萨尔县

护堡子为唐朝丝绸之路要冲

安史之乱后二十余年间,因吐蕃陷陇右

北庭更显重要。回纥人为保卫护堡子

与吐蕃屡发冲突

唐元和年间(806—820)

回纥在保义可汗(808—821)带领下

大败吐蕃,为唐朝收复北庭、龟兹

唐朝丝绸之路由此打开

唐时,轮台在今新疆乌鲁木齐市迤北附近

西州在今吐鲁番

唐开成五年（840），回纥在漠北崩溃

分三支西迁，其主要一支迁至西州

当时，轮台、西州为吐蕃人占据

9世纪中期，张议潮等人率领各族军民打败吐蕃军

唐朝再次掌控河西、陇右、北庭等地

疆域再次扩至广袤的新疆

回纥人西迁来此之初，由首领仆固俊率领

和吐蕃人展开争斗，唐末咸通七年（866）

斩吐蕃大将尚恐热，"传首京师"

《唐会要》卷九十七《吐蕃》一节载：

"沙州首领张义潮奏，

（仆固）俊收西河及部落，

胡、汉皆伏，并表贺收西州等事。"

6. 数千名回纥贵族

9世纪中期，数十万回纥南下河西走廊

与唐冲突频仍。唐军多次打败回纥

先后杀死和俘获几十万回纥人

回纥遂衰，数千名回纥贵族相继投降

第十章　战火稍息：
　　　　衰草斜阳中的生机

献　词

没有一致的方向

哪有一致的悲伤

没有遥远的心动

哪有对面的彷徨

没有密布的烽火台

哪有疏离的刀剑枪

不同方向的朝圣

也有同一方向的目光

至于一条河流的去向

还是寻找源头的河床

第一节　凉州会盟：
　　　　　崇高的和解

1226 年农历七月，成吉思汗攻占西凉府

次年，元灭西夏

"一代天骄"成吉思汗也在此次远征中病亡

死前分封窝阔台次子阔端为凉州王，治所凉州

1247 年，凉州王阔端放弃汗位

以汗国名义颁诏，亲派助手多达那布将军为"金子使者"

　和美丽的女儿萨日朗一起去邀请西藏高僧萨班，来凉州会谈

萨班接受了邀请，并说服众僧及族人

毅然率十岁的侄儿八思巴和恰那多吉等僧人

　赴凉州与阔端举行了"凉州会盟"

从此，西藏纳入了中国版图

阔端实为西凉汗国大汗

元至元九年（1272），阔端之子只必帖木儿

在西凉府城北三十里筑新城

元世祖赐名永昌府（今凉州区永昌镇）

至元十年（1273），置小河滩城

至元十五年（1278），元世祖在永昌府置永昌路

降西凉府为州。永昌路（今凉州区永昌镇）属甘肃行省

辖西凉州和庄浪县两个县级政权

明洪武五年（1372），明置凉州卫和庄浪卫（今永登）
　　统领河西地区

洪武十二年（1379）正月，明朝在庄浪设置陕西行都指
　　挥使司，统领河西各卫所

同年，蓝玉获封永昌侯

洪武二十年（1387）蓝玉官拜征虏大将军

次年，官拜大明大将军、大明凉国公

洪武二十五年（1392）五月，凉州卫指挥使宋晟
　　随凉国公蓝玉征罕东

巡行阿真川、土酋哈昝等人逃走

九月，罕西西番率军入侵，蓝玉命宋晟率军讨伐平定
　　后调任中军都督佥事

蓝玉四次镇守凉州，前后达二十余年

与塞外民族屡次交战，"威著西鄙"

官至平羌将军，获封西宁侯，崇祯追封为宁国公。

第二节 肃王之后，
　　　　河西渐衰

明洪武二十六年（1393），陕西行都指挥使司由庄浪徙
　治甘州

辖甘州五卫：甘州卫、永昌卫、凉州卫、庄浪卫、西宁卫、
　镇番卫和碾伯、镇夷、古浪、高台四个守御千户所

洪武二十八年（1395）朱元璋的第十四子肃王朱楧
　就藩于甘州，仅四年，朱元璋驾崩

建文元年（1399）迁至兰州，凉州渐出西北首府

正统三年（1438）六月，设古浪守御千户所

正统十年（1445）二月，英宗颁赐凉州大藏经一部

成化十九年（1483），重修凉州海藏寺，重修扩建莲花山

清顺治元年（1644），凉州沿袭明制，甘肃分治
　改为西宁道、凉甘道，辖凉州卫、镇番卫、永昌卫、庄
　浪卫、古浪守御千户所、平番（永登县全境、景泰县部分）

同时，凉州管辖青海、宁夏、新疆东部、内蒙古西部

康熙二年（1663），孙思克被擢为甘肃总兵，镇守凉州

雍正二年（1724），改凉州卫为武威县，改永昌卫为永昌
　县，改庄浪卫为平番县，改镇番卫为镇番县，改古浪

守御千户所为古浪县

置凉州府，治所武威县，隶属凉庄道

领武威、永昌、镇番、古浪、平番（永登县全境、景泰县部分）五县及庄浪茶马厅

雍正九年（1731），清鉴于"凉州为甘肃咽喉，通省关键"设凉州将军，置八旗兵两千余名

设立正一品凉州将军于凉州城

  为正白旗，皇帝直辖

清朝乾隆二年（1737），置凉州将军一人，副都统凉州一人，庄浪一人，满、蒙、汉佐领、防御、骁骑校、步军尉及八旗骁骑二千人，步军六百人

兼辖庄浪驻防官兵，庄浪设城守尉

民国十年（1921），废除府州，分甘肃道为甘凉道和安肃道

甘凉道治武威县，领武威、永昌、镇番、古浪、平番（永登县全境、景泰县部分）、张掖、东乐、山丹、抚彝九县，武威县设立团总

民国十八年（1929），改镇番县为民勤县

民国二十五年（1936）七月，甘肃省第六行政督察区成立，辖武威、民乐、民勤、永昌、山丹、张掖、临泽、古浪八县，治所武威

民国三十年（1941），将甘肃省第六行政督察区改为武威

专员公署，治所武威县

辖武威、民勤、永昌、古浪、永登五县

第十一章　西去。东归

献词之一

至于西域，我们要去

寻求那些令人安妥的声音

至于漫漫大漠，寂寥戈壁

干渴饥饿，生死无关

穿越。再次穿越

袈裟像一面旗帜，在风沙中飞扬

要记住一些颜色的模样

念念有词的善意

走廊中传唱不息的佛音

救人性命，超度自我的坚定

不归。不归

归来。归来

来来往往,河西走廊在成长

生生死死,河西走廊在融合

这座精神的屋檐庇护着所有的生灵

庇护着王者和草民

也庇护着强盗和商旅

庇护着善良和包容

无声的颂词,歌谣有情

走廊常在。冰川冷峻

一些声音不再喧哗

喧哗之后,寂寥落幕

梵音长存,善念不空

西去东归,灵魂有家

献词之二

一

黑色的丝绸是时候降临
驳杂的遥远降临
里面铁灰色的烟雾
如同寺院香火遮蔽了佛祖

不必细数沿途的城市
行脚僧的脚印像铅字
前面是华藏寺、黑松驿、古浪、凉州、河西堡、山丹
后面是甘州、高台、临泽、酒泉、嘉峪关
河西走廊失眠,睡眼怠倦
金花娘娘在敦煌叹息。夜阑

佛祖的慧眼不知疲倦,凝视着一棵狗尾巴草
沿途嘛呢堆上的经幡猎猎作响
四鬼抬轿如履平地
石头在夜晚燃烧
冒出无奈的火焰

如期托梦，而你正在夜色中纳凉
此刻，孩子在炕头呓语
——我要回家，我要回家
你却被燃烧的石头挽留

焦灼的夜色如同绝望的思念
风马在夜风中迷途飘荡
你缘何不跨一匹黑色的汗血快马

二

八月像一座从天而降的雪山
横陈在十六日深夜的零点
我从暮秋的清晨惊醒
两鬓析出盐碱，头皮龟裂
一夜风雨漫长如千里河西

惨白的八月落在我的双鬓
渗透了十万煞白的汗腺
霜杀后的戈壁冰草直指空天
茫然失措的我穿行在老虎峡

八月如我离别的骨肉

冰封在棺微笑依稀可见

西瓜泡馍如血泡着石头

难以下咽

孩子啊！九月是你吗

蓦然浮现的笑脸

羞涩胆怯的呼喊

紧握未松的双拳

是菩萨座下

两朵待放的莲花

三

哪一块石头上附着你的魂灵

扁都口曹营前的涨潮坝

不曾被隋炀帝的马蹄踩碎

随我前行四十里

经幡起舞嘛呢堆诵经

耳根清净天雷震响

给佛祖打个长途电话

经幡如同长长的挽歌

佛陀啊，你好记性

能忘记我曾经跪地的双膝

天界信号微弱

人死百日孟婆汤饮否

那就发个永无回复的微信

妈妈的语音在秋风中战栗

在经幡浩荡的庙宇

聆听这失聪的念想

四

掉进了时间的漩涡

河西走廊夜阑漫长

念一册宝卷喝一场酒

夜深到真理之外，如同一场烟雾

空气中流淌着黑色的丝绸

还有无色的雨丝在罗织

炒面片和手抓羊肉

臭而辣的蒜瓣

从童年的金羌驿起身

武胜驿的雪花掩盖了油菜花

乌鞘岭，一头白雕掠过雪山飞逝

谁先啖一只羊尾巴
白送一斤手抓
茯茶加盐巴
藏酒一碗泪如雨下

前俯后仰地划拳，如同奔波日子
跌跌撞撞浑然不觉
明天你在昨夜的梦外

假定不能忽略风景
就在秋天的钻天杨下
一副抵御刀剑的银甲
在蔑视生命的漠然中叮当脱落
月光碎成一地冰草
箭镞射向高远得近似公理的冥王

一群黄羊在祁连山出没
一股泥石流正在酝酿滚落
古尔浪哇，寒风八月
峡谷浑身伤疤

土垒子里的土豆穿上了铠甲

掩藏着干旱而炽烈的热情

打着嗳嗝闪着泪花

大葱二尺咸泪辛辣

白石头正在燃烧，去吧去吧

五

一攒和尚围在萨迦班智达身边

白晃晃地坐在武威南城门口

你伏在外围巴望着受想行识

六块石头三角四边围和尚

诵经声凌厉　最刻毒的咒骂

包括祖宗八代爹娘老子

南营水库的大佛将白昼拒之门外

端坐水边聆听沮渠蒙逊的酒话

白塔寺边装模作样的凉州

端庄肃穆。佛的嘴唇在水面颤动

喝红了脸的酒友拍打完了尘土

搭上瓜州摘棉花的季节

去一趟深秋，睡在火车硬座下

身下垫一张报纸

扯着呼噜,如密密麻麻的文字

沿途的洋葱烂在地里
亏了本,牛羊牲口都不闻
秋天的脸蜡黄蜡黄
掐指一算,更年期临近
是时候该回那四壁皆空的家

六

谁曾料到,旱烟行情奇好
黄铜包的烟锅闪着光
鹰膀子的烟杆儿停在半空
祁连墨玉的烟嘴和焦唇一起颤抖
不断吐纳难以申辩的烟圈儿
也许这咳嗽即将派上用场
云山雾罩砖茶如血

一块黑色的石碑横卧
白色的文字如沟壑横陈
契丹西夏回纥匈奴
一缕晨雾在夜半荡起
如张旭狂草钢鞭飞舞

骆驼一直和胡杨纠缠不休

最好有一张钢丝床

一夜两百，一共六张

或者一面尘埃罗织的大炕

你这行脚僧，快快安睡

至于焉支山和匈奴

不管谁兴谁亡

无关妇女颜色

羊头肉塞进牙缝

枣树枝自带牙签

羊脑子只撒青盐末

骊靬人的黄头发凋落

蓝眼睛浑浊成白色冰川

寺院混合，貌似道德

七

懂得凄苦已近夜阑

霜降霜落

马蹄声抚慰着马蹄寺

悄悄穿过八月的河西

悲伤弥漫走廊却未曾惊动

一直醒着的卧佛

第一节 法显：
五色风中的寻律僧

公元 399 年，法显一行六人

离开长安，在诸国纷争的战火中

踏上了西行求律之路

沿渭河西行，经关中始平郡、扶风郡、五丈原、陈仓

抵达陇西大震关

穿越陇山，经略阳郡（今甘肃秦安）抵秦州（天水）

所到之处，尽是西边烽火的消息

四月，渡过黄河沿北岸前行

至乾归国（兰州西），赶上"夏坐"（古印度夏日三个月坐
　　禅之称）

结束后继续前行，至南凉国（青海乐都）

秃发傉檀正准备和沮渠蒙逊来一场赤搏

沮渠蒙逊与段业正在筹建北凉国

敦煌太守李暠正准备摆脱段业

建立西凉国

天昏地暗、五色风起的战争

经鄯州，翻越达坂，见僧人攀岩开龛造像

翻越大斗拔谷，进入河西走廊

公元400年，法显一行结束甘州"夏坐"

进入西凉国。李暠殷勤接待

法显一行敦煌停居一月，出玉门关

进入漫漫沙河。恶鬼。热风

上无飞鸟，下无走兽

遍望极目，空空如也

唯以死人枯骨为标识

通往鄯善的罗布泊确似死亡

鄯善国四千僧，四千民

佛塔林立，佛号长鸣

然终不是原始经律

法显继续前行半月抵达焉耆

焉耆虽有四千僧众，然遇客甚薄

僧侣所修皆为小乘之法

幸遇汉人苻公孙热情资助

驻修两月，三人去高昌国

法显与另外二人穿越塔克拉玛干沙漠

前往于阗，"小西天"

公元401年,法显抵达于阗

国王笃信佛事,有寺院四千余所

僧数万人,多习大乘之法

家家门口都有小佛塔

供往来僧人居住,最低两丈高

法显受到国王款待,住瞿摩帝寺

帝寺有僧三千,寂然取食,次第而坐

参加了盛大的佛诞节

后兵分两路,翻越千里飘雪的葱岭

最终抵达佛国天竺

成为携经律以归的中土第一人

第二节 玄奘:
佛影憧憧痴不改

贞观三年(629),河西处于和吐蕃的交战中

玄奘突然出现在凉州

欲向西国,不知何为

凉州都督李大亮大惊

国政尚新,疆场未远

禁约百姓不许出蕃

若任其西去，祸将临头

李大亮即刻找来唐玄奘

搬出朝廷禁令，规劝其打消西去的念头

责令其还京

凉州有一位慧威法师

河西佛国领袖，神悟聪哲

闻玄奘求法之志，心生随喜

密遣二弟子，一曰慧琳，一曰道整，窃送西行

李大亮发出官牒文书，阻止玄奘西行

慧琳和道整护送玄奘，昼伏夜行

大路不走走小路，川路不走走山路

隐姓埋名，巧妙地避开关口和城镇

戈壁荒凉，路途遥远

唐玄奘历尽艰辛，粮草尽净

一条葫芦河横在眼前，他悄悄来到瓜州

瓜州刺史独孤达，闻法师至，甚欢喜

迎至城外的阿育王寺（今瓜州锁阳城侧塔尔寺）讲经说法

不到月余，凉州官牒又至

云：有僧字玄奘，欲入西蕃

所在州县宜严候捉拿

州吏李昌，崇佛之士

暗将凉州牒书递给玄奘

问：师傅可是被通缉者

师傅必说实情，如果真的是

弟子一定为您想办法

玄奘颔首如实回答

李昌一听，心中感慨这样的人实在罕见

立即出主意：为师毁去文书

师须早去。玄奘感激之余，再次匆忙上路

戈壁茫茫，关山重重，古道漫漫

出唐玉门关，踏上了八百里"死亡之海"——莫贺延碛道

上无飞鸟，下无走兽，伏无水草，顾影唯一

四夜五日口腹干焦，几将殒绝

四顾茫然，夜则妖魅举火，灿若繁星

昼则惊风拥沙，散若时雨

唐玄奘离开瓜州，经哈密到达高昌国（今吐鲁番）

婉拒高昌王的挽留，马不停蹄

继续西行。越天山，渡锡尔河和阿姆河

南出铁门关，穿过阿富汗，抵达佛教圣地印度

贞观十八年（644），玄奘携经论、舍利佛像等

踏上漫漫归程

唐太宗令敦煌官司于流沙迎接

玄奘经阳关，抵敦煌

次年正月至长安

第三节　昙无谶：
　　　回首已是西天

这个中天竺人，自幼出家

二十岁能背诵大小乘佛经两百余部

一路去龟兹，许是闻听

龟兹已灭，焦土遍地，鸠摩罗什不再

循着鸠摩罗什来东土路径，也到凉州

正逢沮渠蒙逊迁都凉州

沮渠蒙逊正欲借佛法弥补杀人屠城的罪过

于是请昙无谶为之讲经布法

昙无谶依之。译出六十多万字的佛经

直译《涅槃》，其中部分不全

想要回国寻找全本补译

却逢沮渠蒙逊母亡，不得不滞留姑臧一年有余

该来的要来，该走时要走

随后去于阗，得经本《中分》

回姑臧，翻译完毕

后又派人至于阗，得《后分》

译为三十三卷。七年完成

此去不归矣！昙无谶

再次请西行,沮渠蒙逊愤懑
此僧多次欲离他而去
自是因见其作恶多端,不可洗却
昙无谶在孤寂的西行路上
被蒙面刺客杀害
刺客乃沮渠蒙逊之爪也?

第四节　鸠摩罗什:
　　　　东去西归

未生,龟兹全城仰首以待
公主母孕,自会说梵语诵佛经
既生,母复忘梵语
远去佛国罽宾国求法拜佛
归,宣讲佛教大乘
千里之外长安的苻坚
对他念念不忘
吕光灭龟兹国,遵苻坚旨意
携鸠摩罗什归姑臧,拜为国师
译经讲法。又逼其破戒
沾染女色,饮酒乱性

然译经不止

姚兴子承父业。也不忘苻坚所惦记的人

后秦弘始三年（401），姚兴遣将硕德

西伐凉州吕隆

迎鸠摩罗什入长安

待之以国师之尊

建长安大寺译经说法

译经三百余卷

鸠摩罗什到了长安，闻其师佛陀舍耶

　至姑臧，劝姚兴迎之于长安

译经若干卷

姚兴赐万匹布帛。不受

宏始十一年（419），鸠摩罗什卒于长安

临终曰：我死后若舌不焚化

　吾所译之经无误

其舌果然焚之不化

弟子奉罗什之嘱，送还凉州

建舍利塔，供奉至今

善根不断，念念有词

第五节　天梯可攀，
　　　　　石窟鼻祖开

天山即祁连山

天梯山于祁连山之一隅

沮渠蒙逊既克西凉，称北凉王

于凉州南百里天梯山开窟塑像

佛像煌煌，千变万化

惊人炫目，若群众聚于此

传一塑像与常人等高

经常行走于崖前

不舍昼夜，从未停止

远远看，他在行走

人到跟前，便停止不动，若人

看他的面目，却如泥像一般

无人不惊讶

行即停，停即止

前行和停止毫无区别

正是此佛像蕴含的禅意

人不信，停止即行走

在地上罗撒新土

回头看，新土上脚印如新

在在可见

窟尚未建成，其母车氏病逝

沮渠蒙逊开一窟

以其母像雕造五米石像一尊

面向佛祖，欲俯身拜

面若哭泣，形似忏悔

似忧心蒙逊兄弟阋墙

沮渠男成被段业所杀

欲为其母纾解失子之痛

继而开窟造像

终究难解母亲内心的悲伤

第六节　法护：清泉不可秽

八岁出家的月氏人

随师父游历西域诸国

通晓三十六种语言

无所不通，无所不晓

晋武末，隐居深山中

避世。山间有清泉

泉水可濯涤身心

一樵夫至泉水边

污秽了泉水，水即刻干涸

法护徘徊在泉边，伤心无比：

  人没有了德行，泉枯

泉若永久干枯

  我也无以滋养自己

  不如我离开此地

话音落下之际

泉水哗然涌满

清泉何其舍得老僧离去

失意的生命救赎了善意的灵魂

第七节　慧达：
　　　　明日酒泉有水厄

沮渠蒙逊时，有僧人名慧达

俗名刘窣和，肃州人

自幼出家,云游至武威驻足

闭关静修

忽一日,对人说:

明日酒泉有水厄

吾当前往救之。寅时行,巳时至

此时,讨赖河水陡涨

已经逼近酒泉城

慧达到了离城一里许的西峰

用手指一点,水随即向北流去

酒泉城遂得保全

法护圆寂后,瘗骨于此,建有寺塔

手指所指,北方之山崖

曰"手迹崖"

第八节　千佛洞·莫高窟：
　　　　中西光芒的交汇地

献　词

在莫高窟丢失的灵魂

在月牙泉水边复得

年轻的时候,我在敦煌

以为这必是偶然的相逢

唯白发苍苍的敦煌知道

这些年我们在敦煌之外干了些什么

你的微笑不变

你的死亡未变

未曾增减,不垢不净

佛国列班未曾新增

多少的我们一次次死亡

又在敦煌的沙粒中重生

越来越像卑微无知的虫蚁

单纯得不知任何真相

千佛洞塑,百丈佛光

城东南四十里。千佛岩

疏岩凿石,佛龛重叠

有装塑者,有绘画者

数以万计。有雷音寺

开窟：有光，凿光

东晋太元元年（376），沙门乐僔在三危山
　　看见光。五蕴神色
造窟一所
后法良禅师于乐僔师龛侧造窟
名曰"漠高窟"，意为"沙漠的高处"
后世因"漠""莫"通，改称"莫高窟"

公元400年，法显西行求法，过敦煌，停月余
　　至莫高窟，诵经
公元404年，智猛招结沙门十五人
从长安出阳关，渡流沙，往天竺
公元413年，天竺僧昙无谶离鄯善，抵敦煌
公元422年，罽宾僧昙摩密多到敦煌，建精舍，植奈千
　　株开园百亩，房阁池林，极为严净
公元518年，比丘惠生与敦煌人宋云前往西域取经
公元530年，瓜州刺史、东阳王元荣造写《仁王护国般
　　若波罗蜜经》三百部。
　此前后，又在莫高窟修造佛窟
此后数年，又造写《无量寿经》一百部
　《贤愚经》《观佛三昧经》《大云经》各一部
　《内律》五十卷一部。《涅槃》《法华》等经各一部，合

一百卷

公元 538 年，敦煌信士印安归在莫高窟绘迦叶像一铺

公元 571 年，瓜州刺史于义在莫高窟造佛像

公元 574 年，北周武帝下令禁断佛道二教，经像悉毁

令沙门道士二百余万还俗

　　沙门靖嵩等三百人逃往南朝

废瓜州阿育王寺、沙州大乘寺

公元 579 年，北周宣帝宇文赟，下诏修复佛像及天尊像

敦煌世族翟氏迁到三危山下，镌龛开窟造像

公元 580 年，鸣沙县丞张绽等，在莫高窟修造佛窟

隋开皇十年（590），南贤豆国（指天竺）僧达摩笈多，

　　至瓜州复至长安，令在大兴善寺译经，当年度沙门

　　五十余万

隋仁寿元年（601），六月，文帝诏令天下诸州名胜之地

　　建塔

　　分送舍利与三十州

　　于十月十五同时起塔

命僧人智嶷送舍利至瓜州崇教寺（莫高窟）起塔

命天下舍利塔内各造神尼智之像

贞观二年（628）九月，玄奘西行至凉州，都督李大亮禁

　　止西行

至瓜州，刺史孤独达殷勤接待，州吏李昌协助出关

贞观十八年（644），玄奘归。敦煌官司于流沙迎接

唐乾封元年（666），建沙州图灵寺

武后延载二年（695），禅师灵隐和居士阴祖等
在莫高窟造北大像，高一百四十尺（即今第96窟）

武后圣历二年（699），张思艺造莫高窟今第335窟北壁
维摩诘经变

唐开元九年（721），沙州僧处彦，与乡人马思忠等造莫
高窟南大像，高一百二十尺

唐天宝十一年（752），朝议大夫使持节都督、晋昌郡诸
军事守兼墨离军使乐庭瓌与夫人王氏于莫高窟南大像
窟甬道画全家像供养

唐大历十一年（776），莫高窟（今148窟）建成
立"大唐陇西李府君修功德碑"

唐建中二年（781），吐蕃遣使敦煌，求善讲佛理的高僧
遣良琇、文素二僧前往

唐建中四年（783）四月，吐蕃从沙州遣返将士僧尼等
八百人回敦煌

唐贞元八年（792），汉僧摩科诃衍奉赞普诏书
赴逻些（今拉萨）说禅

唐元和五年（810），右军卫十将使孔周，在敦煌郡南三
里孟授渠建浮图一所，莫高窟图画功德二铺，灵图寺
施写《涅槃经》一部

唐元和七年（812）八月，吐蕃大德三藏法师法成于沙州
永康寺集《大乘四法经论》及《瑜伽师地论》《广释

开决记》一卷

同年十月，法成在沙州永康寺译成《六门陀罗尼经》与《六门陀罗尼经论广释》

唐太和八年（834），吐蕃尚书令赐大瑟瑟告身

尚起律心儿在沙州建圣光寺

莫高窟今第365窟建成

窟主为大蕃沙州释门教授和尚洪辩

咸通十年（869）七月二十八日，张球重新写定《大唐敦煌译经三藏吴和尚邈真赞》

次年，莫高窟今第12窟建成

唐中和元年（881）十一月五日，都知兵马使康通信死于非命镇守凉州二十年，功勋卓著生前建窟一所（莫高窟今第54窟）

唐光化三年（900）十二月，悬泉长史章乞达等随唐镇使巡礼榆林窟

后梁贞明四年（918），凉州仆射遗使至敦煌

曹议金遗使随凉州使东行，始达梁廷

梁授曹议金节度使

曹议金于莫高建窟，以庆朝中授节

后唐同光二年（924）四月，莫高窟今第98窟建成

后唐同光三年（925）三月，翟奉达重修莫高窟翟家窟（今第220）通道北壁绘新样文殊师利菩萨一幅

后唐清泰三年（936），曹议金长子元德嗣归义军节度使

曹议金夫人宋氏卒，其回纥夫人圣天公主称国母

开建今第 100 号窟，称公主窟

后汉乾祐三年（950），归义军节度使曹元忠施雕《金刚般若波罗蜜经》

后周广顺五年（955）正月，莫高窟今第 469 窟建成

此际，莫高窟今第 123、124、125 三窟前室重修

北宋乾德四年（966）五月，归义军节度使曹元忠夫妇重修莫高窟北大像下三层，用工计十二寺僧人二百四十人，木匠五十六人，泥匠十人

北宋开宝三年（970），正月二十，比丘等十六人约于莫高窟造佛窟（今第 449 窟）

二十六日，莫高今第 427 窟窟檐建成

北宋开宝九年（976），莫高今第 444 窟建成，窟主为曹延恭。七月，曹延恭卒

北宋太平兴国五年（980）二月，紫亭县令阎元清重修莫高窟（今第 431 窟），并建窟檐

北宋太平兴国九年（984），曹延禄夫妇建天王堂于沙山

北宋雍熙三年（986），瓜州刺史曹延瑞在大云寺设会礼

北宋端拱元年（988）三月，榆林窟今第 13 窟建成，画师为沙州押衙令狐住延（《莫高窟供养人题记》）

北宋淳化二年（991），沙州僧惠崇等四人以良玉舍利来献，宋赐紫方袍，馆于太平兴国寺（《宋会要辑稿》第一百九十八册）

北宋至道元年（995）十月，延禄遣使上表请以宋朝新译诸经降赐本道，从之。僧道酰等奉宣往西天取经。十一月，道经沙州，寄住灵图寺。(《宋会要辑稿》第一百九十八册）二月，沙州北亭可汗遣使入贡。(《宋会要辑稿》第一百九十八册）

北宋庆历六年（1046），莫高窟今第444窟重修窟檐

北宋熙宁七年（1074），河西阿育王寺赐紫沙门惠聪在瓜州榆林窟住持，在今第16窟甬道墨书《住记》一篇

北宋元丰八年（1085），凉州人福全在莫高窟今第65窟推沙扫寺题记（《敦煌莫高窟西夏文题记》）

元大德六年（1302），松江府僧录管主八刻西夏文大藏经一部共三千六百二十卷，并印三十余部施与宁夏、永昌等地。其一施与沙州文殊舍利塔寺

元至正八年（1348），莫高窟六字真言碣立

元至正十一年（1351），八月，莫高窟皇庆寺重修

元至正十七年（1357），甘州史小玉在莫高窟今第444窟题名，并在今第3窟作画并题名

元至正二十七年（1367）五月，临洮画工刘世福在瓜州榆林窟佛殿作画

明成化十三年（1477），苦峪、赤斤、罕东屡相仇杀，指挥师英钦奉敕命统领官军两千名到此沙州安攘夷人

同年六月三日，在莫高窟题壁《敦煌莫高窟供养人题记》于第98窟

嘉庆二十四年（1819），史地学者徐松调查西北水道，至敦煌游览莫高窟，录碑文，探讨创建年代

道光元年（1821），徐松的《西域水道记》成书，内有敦煌水利与莫高窟的记述

道光十三年（1833），敦煌知县许乃谷著《千佛岩歌》并序

光绪五年（1879），匈牙利地质学家洛克齐到敦煌，游莫高窟，对壁画艺术极其称赞

发现：毁光。盗光
原本的存在，被发现

光绪二十六年（1900），王圆箓在清除积沙时，掘出藏经（即今第1窟），数万件写本和其他文物经过近千年的封存后重现于世

光绪二十七年（1901），法国人邦宁发表《从北京到俄属突斯行记》一文，介绍其中亚之行，到莫高并拓走四份碑铭

光绪二十八年（1902），甘肃学政叶昌炽从敦煌县令汪宗翰处得到几件写卷和画，建议甘肃省台将敦煌经卷上调州保管，未果

光绪三十年（1904）三月，省府令"就地封存"藏经文物

光绪三十三年（1907）三月，英国人斯坦因在道士王圆箓处，骗走藏经洞写经八千余卷，绢画五百余幅，文

物共装二十七车，运出中国，并在敦煌北长城沿线盗掘多处遗址，掘得大量汉简

光绪三十四年（1908）二月至五月，法国人伯希和在敦煌莫高窟贿赂道士王圆箓，骗走藏经洞写本精品数千卷和其他文物

宣统元年（1909）五月至八月，伯希和在北京六国饭店举办敦煌写本要览，引起罗振玉等人注意

同年八月二十二日，清政府学部致电甘总督，请饬查检佛书籍造像碑，勿外人购买

中国开始敦煌学的研究，罗振玉发表《敦煌石室书目及其发现之原始》，是中国学者最早的敦煌学论文，编印《沙州文录》，收录少量遗书

宣统二年（1910），清政府委托新疆巡抚何彦升速将藏经所余写本八千余卷运往北京。抵京后，何彦升之子伙同李盛铎、刘廷琛等取走不少精品，其余交京师图书馆收藏

民国元年（1912）一月，日本大容探险队吉川小一郎等到敦煌，从王圆箓手里买走写本四百余件

民国三年（1914）三月，斯坦因再至，再次从王圆箓处骗得写本五百七十余件

五月，俄国奥登堡考察队盗走多幅壁画断片画、纸画、丝织品和大量写本

民国十年（1921）甘肃省教育厅、敦煌县政府联合整理留在莫高窟的写卷，移到县功学所和省图书馆保存

民国十一年（1922），驻防敦煌的肃州巡防第四营统领周炳南，命营部司书会同敦煌县警署对莫高窟进行初步清查编号，称"官厅编号"

民国十三年（1924），美国人华尔纳到敦煌，盗走彩塑二尊，破坏及盗走壁画十二方

民国十四年（1925）五月，华尔纳率领的美国福格考察团从北京准备到敦煌（华尔纳未到敦煌），遭地方民众反对，于是地方政府派员监视。北京大学陈万里同行，后将行记撰成《西行日记》

民国二十三年（1934），《申报》记者陈赛雅到西北采访考察，九月至敦煌，后在《申报》发表《西北视察记》

民国二十四年（1935）四月二十日，英国人巴慎思，自称北平英文《时事日报》特约记者，赴莫高窟查壁画，被当地发现，未遂潜逃

保护研究：护光。发光

民国二十四年六月六日，国民党中央执委邵元冲到敦煌参观，随行高良佐等著《西北随轺记》，一年后出版，书中对莫高窟、月牙泉及佛教、经济情况均有记载

民国二十五年（1936）二月十二，《大公报》记者范长江到敦煌，参观后写成游记《中国的西北角》

民国二十六年（1937）三月，李丁陇和刘方到莫高窟临摹

绘画百余幅向外界介绍敦煌艺术

民国二十九年（1940），著名画家吴作人、关山月、黎雄才先后来莫高窟参观临摹

军阀马步芳派人到莫高窟，盗走宋朝天禧三年的银塔及《造塔记》等文物

民国三十年（1941），著名画家张大千偕夫人杨宛君、次子张心智及学生等到敦煌，在莫高窟临壁画，并对洞窟重新编号，计编三百零九号，张在此居住两年多

同年秋，于右任视察西北，到敦煌参观莫高窟，高度评价其艺术价值，次年向中央政府提出建议"设立敦煌艺术院，以鼓学人研究敦煌艺术"

教育部组织王子云为团长的西北艺术文物考察团，赴敦煌莫高窟考察，其间拍摄一批敦煌照片，临摹莫高窟壁画

民国三十一年（1942）春至民国三十二年（1943），中华民国中央研究院组织西北史地考察团，向达等参加，考察莫高窟、榆林、阳关、玉门关等遗址

是年，蒋经国、蒋纬国二人到敦煌参观莫高窟、月牙泉等名胜古迹

民国三十二年（1943），中华民国教育部采纳于右任等人建议，决定成立敦煌艺术研究所，派高一涵、常书鸿任筹委会正、副主任，当年常书鸿等来研究所开始工作

是年八月，张大千在兰州举办临摹敦煌壁画展览

九月三十日，美国自然科学家李约瑟到莫高窟考察，同行

的有路易·艾黎、吴作人等。十月三十一日，一行离开敦煌

是年，敦煌成立中国佛教协会分会，总负责人心道法师在敦煌讲经弘法，后将在期间所见所闻以日记体形式记录成《游敦日记》一书

民国三十三年（1944）一月，张大千在成都、重庆举办临摹敦煌壁画展览

二月一日，中华民国国立敦煌艺术研究所成立，常书鸿任所长，董希文、史岩、李浴、苏莹辉、张琳英、乌密风、周绍森、潘洁兹等先后来敦煌工作

民国政府中央研究院组织西北科学考察团，向达、夏鼐、阎文儒组成历史考古组，集中在敦煌工作，在佛爷庙及大方盘进行考古发掘

八月三十日，敦煌艺术研究所从土地庙五尊残破塑像中获六朝写本六十八件，残片三十二块

民国三十四年（1945）八月，民国政府教育部下令撤销国立敦煌艺术研究所，工作人员纷纷离去

民国三十五年（1946）一月，甘肃省民众教育馆举办敦煌艺术展览

五月，国立敦煌艺术研究所得以再次恢复，常书鸿重返敦煌。段文杰、霍亮、孙儒倒、史苇湘等先后到敦煌，形成一支专业队伍

是年冬季，敦煌艺术研究所对莫高窟的洞窟进行编号

民国三十七年春完成，计四百六十五号

1949 年 10 月 5 日，酒泉军管会派杜秉德、石志刚、芦怀仁等 21 名军地干部到敦煌，成立敦煌县工作委员会，杜秉德任书记

1950 年 8 月，西北军政委员会文化部文物处处长赵望云、副处长张坦明接管国立敦煌艺术研究所，改名为敦煌文物研究所，常书鸿继续任所长

1951 年 10 月，敦煌文物研究所重新对莫高窟洞窟进行编号，计四百八十六号

第十二章　姓了李的西夏：
　　　　唐突而来

献　词

马背。岂是宽阔无界

如何跃上，又如何跌落

起伏难平的河西走廊

像西风一样动荡不安

王侯将相，伏在旗下

像历史褶皱中的斑点

泛黄的史书被反复改写

那些文字被修改为各种颜色

扭曲。变形。变异

那些洒尽热血的书写者

托体同山阿

谁还记得。被谁忘怀

第一节　回纥击西夏

唐末，张议潮之后

回纥庞特勒据甘州，称可汗

称甘州回纥

宋太宗太平兴国二年（977）冬，特派大使张璨

诏谕甘州外甥回纥，承认其汗国地位，称可汗

至宋，上书必称外甥可汗

甘州回纥每每遣使入贡

五代后唐时，党项羌曾劫掠河西回纥朝贡物品

党项李继迁西向扩张

成为甘州回纥政权的最大威胁

甘州回纥采取联宋抗夏策略

宋咸平四年（1001），甘州回纥可汗禄胜

　遣枢密使曹万通向宋朝进贡

　并称"愿朝廷命使统领，使得缚继迁以献"

宋朝特授曹万通左神武大将军

北宋咸平六年（1003）李继迁

    在与吐蕃潘罗支争夺西凉时战死

宋景德四年（1007），李德明欲再夺西凉

其时潘罗支已死，其弟厮铎督嗣立

与甘州回纥结盟，并与宋朝兵力相呼应

西夏李德明屯兵境上，未敢轻出

北宋大中祥符元年（1008）正月

李德明截留回纥贡宋物品

又遣张浦率数千骑侵扰回纥

夜落纥可汗出兵迎战，张浦败还

三月，李德明又遣万子等四人

率族兵再攻甘州回纥，败

甘州回纥可汗夜落纥遣使到宋朝报捷

宋真宗赐物并嘉奖其抗西夏之功

八月，回纥"夜落纥上言，李德明来侵

    率众拒战，李德明屡败，乘胜追之越黄河"

李德明与回纥第一次争夺甘州

    以惨败告终

大中祥符二年（1009）四月

李德明再次遣张浦领精兵两万攻甘州

甘州回纥先以逸待劳，据守不战

后乘西夏军不备，遣部将翟符守荣出兵夜袭

    张浦败退

十二月，李德明又召集吐蕃部准备进攻回纥

因"恒星昼见，德明惧而还"

李德明于宋大中祥符初，屡次用兵回纥失利

  又转攻西凉吐蕃，以图占据西凉

    隔绝甘州回纥与宋朝的交通道路

宋大中祥符八年（1015）李德明攻占西凉

派军校西凉人苏守信戍守

  不久，苏守信死，其子罗麻接任

部众不服。甘州回纥可汗夜落隔（夜落纥之子）

乘机出兵攻破西凉，罗麻弃城逃跑

回纥占据凉州

北宋天禧元年（1017）八月

逃到沙漠中的罗麻派人到凉州

约投降回纥的旧部为内应，谋攻凉州

并请求李德明出兵增援

回纥联合六谷部吐蕃力战，败

北宋天圣四年（1026），李德明借回纥萨兰部叛辽之机

联合辽国第三次攻取甘州

因辽部属阻卜诸酋反叛

中途退兵回朝平乱，三攻甘州未成功

北宋天圣六年（1028），李德明遣子李元昊攻甘州

李元昊采取突袭战术，一举攻克甘州

"夜落纥归顺王仓促出奔，元昊置兵戍其地而还"

李元昊得甘州，为西夏建国奠定了基础
而失去甘州的回纥则失去了大本营
西夏明道元年（1032），李元昊声东击西
对凉州发起突袭，回纥戍军弃城逃走
西夏占据凉州，建陪都
李元昊占据甘、凉二州后
其父李德明死，李元昊继位
即把目标锁定河湟吐蕃唃厮啰政权

李元昊于西夏广运元年（1034）底
"自率众攻牦牛城，一月不下。
既而诈约和，城开，乃大纵杀戮。
又攻青唐、安二、宗哥、带星岭诸城。
唃厮啰部将安子罗以兵绝归路，
元昊昼夜交战二百余日，
子罗败，遂取瓜、沙、肃三州"

瓜、沙、肃三州，自唐代大历中为吐蕃所据
宋初又被回纥占领
宋太祖建隆年间，沙州节度使曹元忠以州附宋
曹氏子孙世主军事
李元昊占领瓜、沙、肃三州
完全控制了河西走廊

并在甘州置十二监军司之一的右厢甘州监军司

派三万重兵镇守,以防备西蕃、回纥

"又以肃州为蕃和郡,甘州为镇夷郡,置宣化府"

作为对吐蕃、回纥民族的宣抚机构

西夏与甘州回纥争夺河西走廊长达三十多年

最后以西夏胜利告终

甘州回纥中有部分退保西州

彼时,以高昌(今新疆吐鲁番)为中心的西州回纥

同西夏也有接触和交往

但未发生过战争和冲突

回纥西迁中亚的一支于9世纪建立喀喇汗(黑汗)王朝

后于阗亦并入王朝之中

喀喇汗王朝建立之初即为辽朝属国

因与唐王朝有甥舅关系

故对北宋皇帝亦以"阿舅官家"相称

史书记载,喀喇汗王朝(于阗)与辽、宋贡使往来十分频繁

在"入贡"北宋的沿途,经常受到西夏的劫掠干扰

《宋会要辑稿·蕃夷》载:

元丰六年(1083)五月十九

熙河兰路制使司言:

"西贼犯兰州,破西关

杀管勾左侍禁韦定

并掳掠和雇运粮于阗人并橐驼。"

宋神宗诏赠"所掳掠于阗人畜，令制置司优恤之"。

第二节　契丹攻甘州

五代初，契丹曾向后梁请求册封

后晋、后汉时，中原政权成为契丹的藩属

后周至北宋初，双方处于敌对状态

至宋太祖开宝七年（974）

双方恢复友好对等关系

党项李继迁叛宋附辽前

辽在东北亚的大国地位已确立

高丽、高昌、龟兹、于阗、甘州、沙州、凉州等

在向宋纳贡的同时，也纷纷向契丹称臣纳贡

　　契丹正强，北方十国皆称臣献贡唯与中原为敌

辽圣宗经过一系列改革，使契丹跨入一个新时期

封建制度逐步确立

辽统和二十二年（1004），辽与宋签订"澶渊之盟"

此后辽宋保持百年和平

于是，辽频繁地对西北和东北各族发动战争

河西走廊的甘州回纥很早即臣服于契丹

阿保机天赞三年(924)十一月

甘州回纥都督欲摆脱契丹

阿保机遣使送信,恫吓

翌年,回纥乌母主可汗即遣使上贡拜谢

此时,甘州回纥即成为辽的属国

相形之下,甘州回纥与北宋则更密切

可汗受五代、北宋王朝的册封

辽圣宗先后三次遣军远征甘州回纥

辽统和二十六年(1008)十二月

辽西北路招讨使萧图玉奏讨甘州回纥

获俘其王耶剌里,抚慰而还

辽统和二十八年(1010)

萧图玉再次请奏,伐甘州回纥

五月破肃州,尽俘其民

下诏修土隗口故城以充实

辽太平六年(1026)萧惠进讨甘州回纥

进攻至甘州,攻围三日,不克而返

此次进讨"不克而返"

是因回纥阻卜酋长直剌被斩,

其子起兵反辽,诸部响应,大败辽军

萧惠急忙回师平叛

辽圣宗三次远征甘州回纥失败

辽尤重视与党项处好关系，不惜下嫁公主

  和册封王爵等来笼络李继迁和李德明父子

辽圣宗三次远征甘州回纥失败

近乎为党项夺取河西打了前站

两年后，李元昊袭击甘州

可汗夜落纥仓皇败走

第十三章　弯弓大雕铁马来

献　词

铁蹄称雄，踏遍半个地球

屠城。屠城

血水热气腾腾，酒气熏天难闻

王，不可一世

弯弓者，箭镞自射

伤人者，自伤八百

猛然间，佛号失声

所有的崇拜，竟抵不过刀枪

耻辱若万箭穿心

无辜草民，无辜流离

黄河喋血，狼烟滚滚

遮蔽了多少无助的求告

无视多少卑怯的善良

多少的愚痴，无声地观望

戏，究竟要落幕

人，死活要随心

第一节 西夏艰难终结

南宋开禧二年（1206）正月

铁木真征服蒙古诸部落

彻底荡平塞北大草原

此年，在斡难河源头召开部落大会

被尊称为"成吉思汗"

此刻，开启

蒙古帝国的传奇

是年春三月，成吉思汗引兵入西夏

借口追杀乃蛮太子

蒙古大军沿额尔齐斯河巡河而进

顺利进抵西夏国力吉思城

力吉思城并不算一座坚固的城池

却久攻不下。成吉思汗只能下令调拨一部分军队

南下进攻乞邻古撒城，两座城池耗时六十多天

 才被攻破

攻城时间漫长，元军粮草无以为继

元军先破肃州

在瓜州、沙州疯狂劫掠

随后引兵东行，进抵龙州

龙州一带民众牲畜悉遭劫掠

后统领元军北上返回斡难河大营

西夏国主见元撤兵，异常兴奋

将国都兴庆改名中兴

意图改变国运

开禧三年（1207），八月

成吉思汗再次统兵进攻西夏

第二次南侵，目标是斡罗孩城

该城地处金国和西夏边境

成吉思汗率军进入西夏境内

下令裹挟境内百姓，逼其奔袭前线战场

在即将抵达斡罗孩城时

放手这些百姓入城散播狠话：

"如敢据城为守，城破之后必屠尽城中之人。"

成吉思汗此举，效果适得其反

斡罗孩城的守军誓死抵抗

成吉思汗耗时四十多天

才攻下此城

破城当天，成吉思汗下令屠城

将城中财物掠夺一空

南宋嘉定二年（1209）七月

成吉思汗第三次引兵南侵西夏

再攻斡罗孩城，西夏太子李承祯引兵五万驻守

斡罗孩城再度被破，西夏五万大军崩溃

成吉思汗大军直扑西夏重镇克夷门（在今宁夏固原泾源县）

此镇是西夏北翼的咽喉要冲

西夏国主襄宗下令调拨五万大军驰援

克夷门一带屯集大军共计十二万

克夷门，依山傍水而建，东西两翼分列高山

黄河贯通右翼，可谓一座钢铁雄城

镇守克夷门的是西夏大将嵬名令公

成吉思汗带领大军猛攻两月有余

克夷门岿然不动

在成吉思汗束手无措之时

守将嵬名令公错判了形势，引兵出击，城外被俘

成吉思汗趁势下令猛攻

克夷门被攻破

西夏国都中兴府即在眼前

西夏军民拼死守卫国都

成吉思汗一筹莫展

从中兴府贯通而过的黄河给了他灵感：

灌水淹城

成吉思汗下令在黄河上游筑坝截流

  刨开黄河河坝，将河水灌进了中兴府

黄河坝决堤三个月有余

元军掘坝技术不太高明

中兴府一片汪洋，河水也灌进蒙古大营

成吉思汗将大营迁往高地

派遣使者前往西夏国都招降

西夏国主只好顺台阶而下

向蒙古纳女称臣

南宋嘉定十四年（1221），元军攻甘州

元将察罕的父亲曲怯律正在驻守甘州

兵临城下，察罕射书城中

要求见其父和十三岁的弟弟

其弟站在城楼高处见其兄

守城将领阿绰等三十六人

杀了察罕的父亲，拼力守城

甘州城最终被攻破。成吉思汗要屠城

察罕说，百姓无辜，有罪者三十六人

百姓得保

察罕被封为河南王

嘉定十六年（1223），成吉思汗次子察合台

攻取西夏删丹州（今甘肃张掖山丹县）

元派按竺迩镇守

第二节　甘肃行省置河西

元世祖中统元年（1260）春三月，忽必烈即大汗位

忽必烈之弟阿里不哥也称大汗

夏四月，阿里不哥纠其党阿蓝答儿、浑都海发动兵变

浑都海当时镇守六盘

西渡黄河占据甘州

四川京兆宣抚使廉希宪，守将汪良臣、八春设防抗击

诸王合丹等率骑前来汇合

山丹州元帅按竺迩出耀碑谷

跟随诸王与叛军会战于甘州东

两军对阵，大风扬沙

汪良臣令军士下马

以短兵突袭其左，绕阵后击溃其右而出

八春直捣其前，合丹勒精骑断其归路

遂攻破叛军，杀浑都海

元至元元年（1264），立甘肃路总管府，开始兴修水利

董文用为西凉、中兴等行省郎中

始督开之。至元五年（1268）改甘肃路为甘州路

肃州方分出，独立

至元六年（1269），阿只吉大王主管山丹城政事

第十四章　半世纪的饥饿与禁酒令

献词之一

兵燹频仍，天灾附降
河西走廊，西北最大粮仓
被无休止的战乱掏空

饥饿，如瘟疫般流行
死神脚步匆匆，肆虐如风

饥饿如影随形
河西走廊屋檐空空
没有了果腹的玉米和小麦
昔日的酒杯，落满了灰尘

善饮的河西子民，早已无酒可饮

天人不通，神路断绝

禁酒令颁行。没有酒的加持

河西走廊风骨和禅意骤失

只有惶恐和死亡

河西走廊，瘫倒在地

半世纪，没能站得起

献词之二

在最寒冷的原野，犬吠冒着热气

最远方的雪，安静地白透噩梦

熟睡的梦境，柴火跳跃，土豆微笑，茯茶热情缭绕

必须走出被弄脏了的日子

在空空的雪地里寻找往日和未来

察审我们的踪迹

尽管尘埃被掩埋在雪线之下

须重新找到飞鸟的方向

定位来路以及清晰的来生

最后，允许我用干净的雪来款待你

自元，河西走廊处于饥饿中

半世纪，天不佑民

哀鸿遍野。天疲地乏

禁止酿酒，禁止饮酒

粮食先用于果腹

赈灾不断，佑民有限

元中统元年（1260）五月，河西走廊兵戈不断

黎民无法安定，甘州饥

中统二年（1261）阿沙焦端义抚治甘肃

中统三年（1262）甘州饥

是年七月，元朝出课银一千五百锭

济甘州贫民

元至元七年（1270）蒙古拜答寒部告饥

饥民流落到甘州、肃州、沙州

河西人口激增。九月，括户口，定田税

至元十年（1273）六月，赈甘州诸驿

至元十三年（1276）三月，给每个驿站一千锭银子

叫驿钞。山丹城等

　将银子借给老百姓，收取利息

以此作为驿站的开销

元至元十五年（1278）六月，置甘州和籴提举司

买卖粮食，以备军饷，赈贫民

元至元七年（1270）十月，以汉军屯田甘州

派发炮卒千人入甘州，备战守

给甘肃行省惠民药局钞一百锭

元至元十八年（1281），诏令四川宣尉司都元帅刘恩

　　留甘州。刘恩率蒙古汉军万人征斡端

师次甘州，诏令留屯田，得粟二万余石

五月，颁禁酒令

六月，以太原新附军屯田甘州

秋七月，甘州置和中所

以兵粮救援

元至元十九年（1282）二月，逃军回来耕田

甘州戍军逃者两千二百人

携家眷四千九百四十口

发放贷款一万六百二十锭

给予布四千九百四十匹

驴四千九百四十头

四月，奖赏屯田兵

时，原西夏中兴兵屯田甘州者

多逃归太原，元廷下诏诛杀抗命者四人

奖赏不逃者

元至元二十年（1283），移巩昌按察司治甘州

是年，改巩昌按察司为陇右河西道提刑按察司

元至元二十四年（1287），戍军并入甘州

　　给戍军发军饷和夏衣

是年，遣阿塔海曲尤、汉都鲁迷失帅甘州新附军

　　往斡端。其戍军二月发饷，五月给夏衣

至十月，又给甘州生产硫黄的贫困户发救助金

此后甘州再无生产硫黄者

十一月，下诏甘州重新丈量土田，每亩上缴三升公粮

迁徙到甘州的户民重新从事农业生产

元至元二十二年（1285）立甘肃宣慰司兼都转运使司

　　管理税收事宜

元至元二十六年（1289）取消宣课提举司

元至元二十八年（1291）取消转运司

撤甘州行中书省，设宣慰司，隶属宁夏行中书省

五月，下令甘州每地一顷缴地租三石

敕令朵儿只招收流民

朵儿只，蒙古"四杰"木华黎后裔

袭封辽阳国王，为一时名相

此时，甘、肃、沙三州饥民多流亡

诏令朵儿只招集流民勿使失业

229

至八月，贷款一万二千四百锭为本金

收取利息用来赡养老者

至元十四年（1277）立甘肃行中书省，至元二十二年
（1285）取消

二十三年（1286）二月，又立甘州行中书省

二十四年（1287）取消宁夏行中书省

设中兴府隶属甘州行省

很快又复置宁夏行中书省

成宗元贞元年（1295）九月复罢

将军政大事并入甘州

元贞十年（1304），增置甘肃行省

六月，新招贫民共一百一十八户

八月，发生饥荒，朝廷禁酒

徙戍甘州附军千人屯田中兴

　千人屯田亦里黑

　遣蒲昌贫民开垦甘州闲田

元至元二十五年（1288）九月，甘州旱饥

免除赋税四千四百石

元至元二十六年（1289）废甘州宣课提举司，并入宁夏
　都转运司

甘州暴发饥荒，发放贷款一万锭

六月，移入八部的灾民，就食甘州

元至元二十九年（1292），取消甘州酒禁

限制买卖酒的数量

是年，迁徙安置沙、瓜二州流民于甘州

此时西域不宁，沙、瓜二州不靖

分田给移民，无力者则给以牛、农具

元至元三十年（1293）六月，又发放购牛贷款二千六百锭

元至元三十一年（1294），禁止酿酒

元成宗元贞元年（1295），放开酒禁

元贞三年（1297）赈驿户

元大德七年（1303）正月，禁止酿酒

二月，赈合迷里贫困户

三月，徙廉访司于甘州

甘州行省供军钱粮多有舞弊，故纠之

并撤销行省，调查统计人口田亩牲畜数量

五月，又统计站户

当时，站户多依贵族势力逃避劳役

僧人隐匿尤多

有人告到朝廷

诏令检查统计

特令为僧人秃鲁花等隐藏者全部作为劳役

从此驿递站户全部清理干净

诏令甘肃官无职田者

按照俸禄的多少，折算成米价

怜悯边远底层官吏

元武宗至大二年（1309）甘州饥荒

秋八月，修筑甘州城

至大四年（1311），饥荒。地震

大风有声如雷。朝廷赈灾

设置甘肃行枢密院于甘州

仁宗皇庆元年（1312）给军中贫穷者贷款

皇庆二年（1313）饥荒，朝廷禁酒

元延祐元年（1314）伯都为甘肃行省平章政事

时，米价飞涨

每石需花费二百缗钱储备

伯都提前做好计划

少统计所节省至四百余万缗

于是诸仓充溢

甘州气寒地瘠

少岁，民间发生饥荒则发粟赈济

春缺种则发放贷款

兵饷既足，民食亦给

朝廷下诏赐名鹰、甲胄、弓矢及钞五千缗慰劳伯都

冬十月，恢复在甘州屯田，调整田租赋税

十月，甘州饥荒，修城蠲租救济

元延祐五年（1318）西番贼起

时，甘肃年年饥荒，西番土寇乘之掠夺

朝廷敕令行省调兵讨伐

延祐六年（1319）三月，禁止酿酒

延祐七年（1320）八月，放开酒禁

元英宗至治三年（1323）二月，大雨

洪水漂没行帐孳畜

十二月，免秋粮十之三

元泰定元年（1324）雨灾，庄稼歉收

泰定三年（1326）废掉甘肃札浑仓，将军储粮食挪存到
　　汪古剌仓

元文宗天历三年（1330）五月，雨雹

元至顺元年（1330）春正月，买牦牛时
　　特遣使资钞三千锭

无至大中期，刑部尚书马建至甘肃

令羊、马全部用来繁殖

至此，五谷丰足，六畜兴旺

饥荒不再，田野生机再现

第十五章　朱家的天下：
　　　　　闭关绝西，飞鸟难度

献　词

断绝。断绝。断绝

河西走廊，闭上眼睛

腰斩，音信全无

无力的烟火。鸿雁飞绝

西域，还有多少西去的兄弟

谁为他们招魂收魄

西域的眼眸中满是东方

而东方倨傲于南方

神在何方，神在何方

河西走廊在翼下颤颤巍巍

风雨飘摇

谁在追问：佛居何方

第一节　邓愈：
祔祭于庙庭的将军

王保保乃察罕帖木儿的养子

随察罕帖木儿在黄河南北多次镇压农民起义

察罕帖木儿死，王保保继父志

驻兵家乡河南，封为河南王

元至正二十八年（1368），明军北伐

王保保从山西败走甘肃

逃遁至阿尔泰山以北

拥兵塞上，抗拒明军

明太祖多次招降，不应

明洪武三年（1370），邓愈为征虏左副将军

大败王保保于定西

诏谕河州、吐蕃诸元帅

皆来纳印请降

邓愈以此封为卫国公

明洪武八年（1375），邓愈造兰州黄河浮桥

平定河西，为征南将军

洪武九年（1376），吐蕃叛乱

邓愈前往征讨。兵分三路

覆其巢穴，追至昆仑山

斩首不计其数，获马牛千万头

还。封为宁河王

配享庙庭，或帝王庙

或孔庙

第二节　冯胜：
安徽将军平定甘肃

明洪武元年（1368）十二月，魏国公徐达攻克太原

王保保败走甘肃

洪武五年（1372），命冯胜（安徽凤阳人）为征西将军

率左、右副将军临江侯陈德、颍川侯傅友德及诸将汝南侯
　　梅思祖等

分兵由西取道甘州

傅友德射杀平章、太尉

尚都驴献甘州迎降

破元将失剌罕兵

败朵儿只于虎剌罕口

获人口数十万，牲畜无数

辟地数千里

河西尽为明朝所有

甘肃平定。设甘肃卫

三分之二兵卒屯田于此

明洪武二十年（1387），冯胜获封征虏大将军

后封为西平侯

洪武二十六年（1393），设陕西行都指挥司

领卫十二、所四：

甘州"五卫"（左、右、中、前、后）、陕西甘肃卫、西宁卫、
　　庄浪卫、镇番卫、永昌卫、山丹卫、凉州卫、肃州卫

甘州郡牧所、高台守御千户所、镇夷守御千户所、古浪守
　　御千户所

隶右军都督府，置按察司

陕西分六道。内有西宁、河西二道

永乐时，关西设七卫：

哈密卫、赤斤蒙古卫、安东卫、阿端卫、曲先卫、罕东卫、
　　罕东左卫

此七卫，名存实亡

或元后裔，或土酋长，皆授官赐印，世袭官职

哈密卫尤为极边，借以控制西番诸卫

自兰州至肃州一千五百里

再至嘉峪关七十里

名为内地

嘉峪关至哈密一千五百里

设七卫。哈密已为极边

自明成化之后，嘉峪关、肃州

数次为吐鲁番汗国侵扰

七卫之民众多离散，迁入关内

哈密卫被吐鲁番汗国所占

西域诸夷入贡者大多直奔嘉峪关

不再取道哈密

第三节　甘肃镇：
弃敦煌。悬孤。走廊断

明初以下，河西弃敦煌

划嘉峪关为界，肃州遂为极边

庄浪以南三百余里为湟中道，置西宁卫

凉州以北两百余里为姑臧地，置镇番卫

设甘州等"五卫"于张掖

肃州卫于酒泉

兰州卫于金城

屯兵据守

甘肃全镇两千里，唯一线通道

东引西遮，南蔽北捍。挺持塞外

实则为孤悬重镇

甘肃兵备道驻肃州

西宁兵备道驻西宁

庄浪兵备道驻庄浪

镇守平羌将军总兵官一员，统辖副总兵二，参将五

游击五，守备十二，领班都司四

协守甘州左副总兵，分守凉州右副总兵；庄浪左参将，肃州右参将，西宁参将，镇番参将，芦塘参将；庄浪游击，碾伯游击，松山游击，巡抚标下游击，坐营中军游击；红水堡守备，山丹卫守备，红城堡守备，镇羌堡守备，宁远堡守备，平川堡守备，嘉峪关守备，古浪守备，巴暖三川守备，北川守备，镇夷守备，阿坝堡守备

甘州头班都司、次班都司、凉州头班都司、次班都司

凡城堡、城垣、堡寨四百九十五座，关隘一百四十处

兵马员额：官军九万一千五百七十一员

兵饷员额：屯粮、料六十万三千一百八十八石四斗二升

屯草五十四万九千七百零三束

兰州至嘉峪关为内地

第四节　肃王府迁兰州

明洪武十一年（1378）正月，朱元璋第二次大封诸王

三岁的朱楧被册封为汉王

此时，沐英、蓝玉等在西北不断经略

大明的国境线向西面推进

洪武二十四年（1391），朱元璋着手考虑迁都西安

洪武二十五年（1392）三月，汉王朱楧改封为肃王

封地为甘州（今甘肃张掖）

皇太子朱标突然去世

朱元璋的迁都计划被迫搁浅

洪武二十六年（1393）正月，肃王朱楧和几个弟弟从南
　　京启程前往封地

当时陕西各卫调集的卫戍兵马暂未到

肃王只能暂时驻扎在平凉

当年七月，设立甘州左护卫指挥使司

蓝玉案中遭到沉重打击的府军前卫

其中被赦免的有罪将士被派往甘州接受肃王领导

以期立功赎罪

洪武二十八年（1395）四月，甘州在城官军全部归于甘州右护

至此，肃王府三护卫官军集结完毕

六月，肃王朱楧抵达甘州

肃王高度集中当地军政大权

颁诏朱楧"理陕西行都司及甘州军政事宜"

陕西行都司治所即甘州

肃王"西渡河领张掖、酒泉郡，封西扃嘉峪，护西域诸国"

吐蕃派员到甘州求见肃王，恳请归附明廷

洪武二十九年（1396）肃王府护卫奉命巡边

四面群寇望风而逃

朱元璋去世，朱允炆开始削藩

戍边亲王发起严酷清算

建文元年（1399），肃王向朱允炆请求内迁

获准由甘州迁至兰州

肃王内迁，明朝在西北式微

建文四年（1402）六月，燕王朱棣在南京登基称帝

九月，朱楧从兰州赶到南京朝觐新君

十月，肃王的甘州左护卫被收归朝廷

永乐十七年（1419）肃王朱楧去世，享年四十四岁

第五节　渐次经略，再通西域

明崇祯十六年（1643）末，河西被李自成军陷没

甘、肃二州焚掠尤酷

闯王军破甘州，内外死者四万余人

清顺治二年（1645），清军西讨，郡县卫所望风归附

顺治五年（1648），回民米喇印、丁国栋等起义

总督孟乔芳，将军张勇、赵良栋等来征讨

应时荡平，旋即收复，一切规制悉沿明旧

康熙五十四年（1715），又于嘉峪关外

收复古酒泉以西之地，敦煌全郡之区，渐次经略，设卫所

雍正三年（1725），复改河西为郡县，增设驻防兵于哈密

乾隆二十年（1755），重新恢复经略新疆，南包和田，北
　　括伊犁，西尽西海

汉唐版图日渐归拢

同治二年（1863），回民民变，新疆失守十四年

陕甘总督左宗棠出师

河西走廊左公绿柳依依

左公西进，次第削平西域

期年之间，收复故土

至甘肃分省，仿照汉武帝分置刺史之意

甘肃布、按二司俱驻兰州

复改甘肃巡抚，以陕甘总督代管

甘凉分守兵备道，驻凉州，领府二，县七，厅二

 凉州府：武威县、永昌县、镇番县、古浪县、平番县、庄浪厅

镇守凉州等处，总兵官驻凉州

统辖二十营堡，副将一，参将三，游击三，都司七，守备六

永昌营副将，庄浪营参将，大靖营参将，镇番营参将

高古城游击，阿坝营游击，镇羌营游击

凉州城守营都司，新城堡都司，张义堡都司，蔡旗堡都司，安远营都司，岔口营都司，三眼井都司

宁远堡守备，高沟堡守备，西把截守备，土门堡守备，大松山守备，红水营守备

甘州府：张掖县、山丹县、抚彝厅（系柳林通判移驻于此）

提督甘肃等处军务官驻甘州

安肃分巡兵备道驻肃州

乾隆以前，甘、凉、肃、安西四州各有分道一员

后并甘肃为一道，随即又改为甘凉道、安肃道

领直隶州二，县三，州同一，县丞一

检一，吏目二，典史三，学正二，教一，训导二

肃州直州：高台县，王子庄州同，九家州判（后裁），毛目县丞，三清湾田主簿（后裁），嘉峪关巡检，高台县典史，肃州学正，高台县教。安西州学正、吏目，敦煌县训导、典史，玉门县训导、典史

镇守肃州等处，地方总兵官驻扎肃州

向有安西兵备道驻安西，所领安西同知

管辖安西、沙州、柳沟三卫

哈密常设总、副、参、游等将，领兵镇守新城

第六节　李自成遣将攻陷甘肃

铁马血河

崇祯十六年（1643）十一月，贺锦率军进逼甘肃

林日瑞闻李自成军将至，急结西羌，严阵以待

而自率副将郭天吉等守护河流关隘

十二月十二日，闯王军踏冰过河

直抵甘州城下

林日瑞不得不入城作战，守护城池

是时，大雪深丈许，手足皲，守城者皆心怀不满

贺锦派遣投降者，在城中做内应

乘着茫茫夜色，以雪堆为梯

爬上城墙，城陷。林日瑞被抓，诱以官，不从

被刀斧生生砍死

贺锦屠甘州，杀居民四万七千人

明副将郭天吉，山西人，号郭神箭

累射杀贺锦军甚众

城破，其父被贺锦军兵所杀

郭天吉回到家，亲手杀死妻妾子女

一仆人背着幼子逃跑了。郭天吉自杀

甘州巡抚都御史林日瑞，总兵官马炉，副将郭天吉，抚标中军哈维新、姚世儒，监纪、同知蓝台及里居总兵官罗俊杰、赵宦、王汝金皆战死

张掖人至今感怀其烈

第七节　米喇印反清

米喇印，甘州回民籍

先为明朝军官

明亡后，为清甘肃副总兵

素有勇谋，在军中崭露头角

乘时局混乱暗中筹谋做一番大事

李自成余党内部争权夺利

米喇印乘机召集众人密谋兵变

游击黄得功察觉，密献计于镇帅刘良臣

会调兵征湖广茅芦山，米喇印佯言有人要兵变

亟须安抚，设宴请甘肃巡抚张文衡到北城楼商议

让张的随从在城下吃酒席

酒席刚刚开始，伏兵突起杀了张文衡

米喇印与其党羽丁国栋据城造反

陕西总督孟乔芳督兵平叛

以游击张勇镇守甘肃

米喇印反甘州，回民大多响应

不到数月东据临巩，关陇大震

孟乔芳督兵到巩昌杀死米喇印

而丁国栋逃到了甘州死守

都标右营游击张勇登城

遂破丁国栋及其党羽，黑承印奔逃肃州

追擒后被杀。张勇以勇功第一，署总兵镇守甘肃，久之实授

第八节　甘兵三千赴四川

1. 甘州建起尊经阁

明嘉靖三十六年（1558），甘肃巡抚都御史陈棐购书，充实尊经阁

清康熙二十六年（1687），提督孙思克、副使柴望建尊经阁

甘州道董廷恩、同知李世仁建大成坊、棂星门，凿泮池

明朝时，尊经阁藏书甚富

至米喇印反清，纵火悉数烧毁

雍正七年，始葺学庙

巡抚总镇及甘山道柴望，捐资鼎建

凡六楹，巨丽高敞，甲于河右

藏书却少之又少

2. 西征噶尔丹

噶尔丹，准噶儿部酋长，频频侵扰边境

康熙二十七年（1688），提督甘肃总兵孙思克

统全陕兵力进剿，至朔方

与准噶尔部交战，大破准噶尔

虏其妻子，噶尔丹窘，自杀

西域再次安宁

孙思克担任总兵镇守甘肃

时，南明政权暗拉清名将李定国在云南反清，清总兵张勇

　　上疏请求效力平叛

朝廷准之，任命张勇为五省经略右翼提督总兵

提拔孙思克代替甘肃总兵一职

孙思克，号复斋，奉天镶白旗人

由佐领积功多授总兵，代替张勇镇守甘肃

张勇任提督还镇

逾年，孙思克移镇凉州

张勇死后，又提拔孙思克为甘肃提督

在甘镇守多年，威惠大著

以破准噶尔噶尔丹之功

官拜振武将军、太子太保，赐世职

死后谥襄武，祀名宦，甘州城南建有生祠

3. 岳钟琪征讨准噶尔

康熙晚年，西藏策妄阿拉布坦叛乱
雍正初年，青海罗卜藏丹津叛乱
岳钟琪以副将参战
年羹尧被雍正赐死
岳钟琪继任川陕总督，加兵部尚书
加封为三等威信公
执掌川陕甘三省军政大权

雍正九年（1731），清军在西北连遭惨败
靖逆大将军傅尔丹的六万大军
遭到准噶尔部的伏击。准噶尔部围追堵截
四将军在被俘虏前自杀
一副将和七位王公大臣在混战中阵亡
傅尔丹六万大军仅剩两千人马
大将军傅尔丹率残部退回甘肃

岳钟琪和傅尔丹共同作战
傅尔丹被围时，岳钟琪"围魏救赵"
率主力直插准噶尔重镇乌鲁木齐
守城的准噶尔军见天兵突降
闻风逃遁，岳钟琪进入北疆重镇

岳钟琪奇袭制胜

占了一座空城。并未歼灭准噶尔军的主力

岳钟琪率部撤出乌鲁木齐,退回哈密

双方陷入相持阶段

其间,准噶尔军偷袭了哈密

岳钟琪调兵遣将,欲在准噶尔军撤退途中设伏

断敌退路。设伏军马却未能按时到达位置

让准噶尔军逃走

还劫持了清兵大量物资

雍正帝盛怒,要将傅尔丹、岳钟琪两员大将斩首

判岳钟琪斩立决,后改成斩监候

乾隆二年(1737),乾隆释放岳钟琪和傅尔丹

贬为庶人,回了成都

乾隆十三年(1748)三月,大金川叛乱

而清廷出兵久攻未果。乾隆帝重召岳钟琪

授予总兵之衔,后改授四川提督

赐孔雀花翎,岳钟琪时年已六十二岁

后征战西藏、青海,屡建战功

乾隆帝称之为"三朝武臣巨擘"

雍正四年(1726)、雍正六年(1728)、雍正七年(1729)

岳钟琪上奏疏请摊丁入亩,改土归流

建府置县等,雍正皇帝均依奏照准

岳钟琪，凉州庄浪人

卒于成都，享年六十八岁

第十六章　走廊书声

献词之一

书声渐起，尘埃渐落

思想在荒原之地萌芽

谁是这个世界的旗帜

风雷中裹挟着沉静

纸页中夹带着省察

天地茫茫，孤烟长河

河西走廊的学堂木铎声声

冰雪般的教诲和沙粒般的叮嘱

那些坚定而不打折的确信

走出去，与世界共进的脚步

在笔墨纸砚中寻求的意义

非常之道。奔走切磋

急切而沉静。那些泛黄的经典

确立的方向。恒久的光耀

献词之二

在水边,安详相聚

像故去的父母和祖辈

在此临水聊天,如波光闪烁

絮絮叨叨。没有提起我的乳名

还有老邻居张爷

那束暗淡的炉火

他们年轻时的声音

如我一般奔走

初恋的女孩五百岁

落落大方地笑话我当初的拘谨

秋日的夜晚开始寒凉

夜色为你披一件华氅

至于谁能看到老年的镜像

完全要靠苍天决断

假定熄灭的篝火

也有魂魄,像一丛骆驼篷的模样

至于沙漠芦苇和

水边芦苇的区别

最好别问胡杨

悄声问沙狐初恋的情郎

第一节　笔墨纸砚

雅致的文言初次在旷远的河西走廊叮当作响

腔调像一缕无阻无碍任意东西的西风

甚至满面通红,却发自内心

君子。这千里河西走廊有了草根的追求

不做强盗土匪,人生的意义在书本里

并非只在马背,或者田野,或者湖泽

有一位从未谋面的圣贤在走廊的笔迹中

谆谆教诲,白发如山顶的冰川

从那时起,土坯屋里多了笔墨纸砚

那些远古的孩子不再流落山冈

他们在书院孔庙看到了未来,他们怀揣梦想

他们吟哦诗书,挥毫泼墨

对他们身边的人讲述一个更美好的世界

他们负笈远行,诗书相伴

万里路,万卷书

家国天下

含泪以求

戈壁有了佛光

大漠有了蜃境

来来往往的人看见马背上、庄稼地里

有了斯文的吟唱

第二节 甘州：
来自大槐树下的泉水

元至元二十四年（1287）,甘州立尚书行省学庙

城东北隅,有文庙巷

清乾隆二年（1737）,甘州知府冯祖悦,建甘泉书院

冯祖悦,山西代州人

甲辰进士,廉直有声名

书院在甘州城南门内甘泉边

潺潺流水,天然若玉,书声琅琅

台榭峥嵘,其旁小亭,故精舍遗存

时,天山书院、甘泉两书院中间一池

昼则弦诵相闻,夜则灯火相映

甘州之人文,自是日上

明正统五年(1440),都指挥杨斌建山丹卫学

后屡有修缮重建、扩建

清乾隆三年(1738),山丹知县祁安期建山丹书院

祁安期,浙江会稽人

礼士崇文

最想看到山丹子弟斯文若中原书生

建书院于署东

亲自授课,弟子获益者众多

生病卒于官任

困于钱赀缺乏,死后很久未能柩归江南故土

而他的灵魂

在山丹孩提时代

一直微笑

其子祁琏,未曾为父办理身后事

愿意参加童子试

考官看到他的答卷,乃浙江人

诧异。询问其他考生

诸生曰,然也,其非山丹人

但其父对我等厚爱至死

我们愿意首推他

请求以此报答知县的厚德

考官叹息不已

——读书人应有的姿态

于是考官首先选拔了祁琏

第三节　肃州学宫:
　　　　危危乎高哉

明成化三年(1467),都尉史徐廷璋题建肃州学宫

城东南隅。大学士商辂撰文,立碑

儒学薪火在此间点燃,尽管晚了一点

危危乎高哉,尽可盛放肃州灵魂

明正德元年(1506),兵备副使李愚、李端澄

重建明伦堂五间,穷理斋五间,主敬斋五间

礼门、义门相对。出入端正,礼仪盛宴

教授雍大武作《德政》书于明伦堂壁

堂而皇之，巍峨鹊起

若旗帜，自此飘扬于走廊的风中

永驻于学子的精神天空

明嘉靖二十三年（1544），副使侯秩建启圣寺于文庙东增号
　　舍（宿舍）七所，每三间为一院

嘉靖二十六年（1547），副使唐宽改明伦堂为酒泉书院

建正厅五间，后厅五间，开菜园

青苗蔚然，葵面灿然

建东西厢房各三间，前院廊坊三间，东西号房二十间
　　大门三间

嘉靖三十五年（1556），副使陈其学见学宫规制未合

庙门逼近民居，遂买庙门两边闲地

凿泮池，形如弦月

南对圣殿，雄峙一壁，上图鱼龙变化

中立门坊，题匾额：鲲化天池

棂星门内，戟门外，凿方池，肖地象

门前列石狮、石鼓

又起儒林坊，粲然大兴

来来往往，圣贤的灵魂

过往的旅人，使者的声音

仰首的瞬间

化为灿若星空的人文之光

第四节　武威文庙：
　　　　煌然焕彩，繁星满天

张轨建立前凉时

太学必屹立于凉州大地

张轨出身凉州安定士族

自幼聪明好学

文雅端庄，精通儒术，深得中书监（张华）赏识

儒学之重要，教化一方之紧迫

于他自不待言

此后收复敦煌，兴建太庙学宫

相信，张轨对凉州炽热的目光

凉州太学亦应在此时立

穿越千载，将万千学子心灯点亮

明正统二年至四年（1437—1439）城东建太庙

历经成化、顺治、康熙、乾隆、道光历代重修扩建

有儒学院、孔庙、文昌宫、山门、崇圣祠、大成殿、戟门、
　　棂星门、状元桥、泮池、尊经阁

碑石林立，额匾如星

陇右学宫之冠

一个星辰煌耀的所在

多少文人士子都将心中最神圣的那句话

对那些闪烁的繁星

一再宣说。焚膏继晷，费墨劳神

一些梦想终将成为现实

星辰相伴的庄严是凉州的精神内核

哪怕形销骨立，只要遗世独立

第五节　敦煌：
　　　煌煌文脉，汉唐星辰

西汉末，敦煌迎来中原汉姓家族

索、张、汜、令狐等家族，携中原文化

立足敦煌，薪火相传

人文荟萃，一时群星闪耀

书家、贤官、文学与中原并举

西晋时，赴长安太学读书的"敦煌五龙"

领一时之风骚

如豆灯盏，煌然照亮河西之西的夜空

唐武德五年（622）改敦煌为西沙州

贞观七年（633）改西沙州为瓜、沙二州

天宝元年（742）敦煌设郡

敦煌遗书《沙州都督府图经》载：

"在州西三百步，其学院内东厢有先生太师庙。堂内有塑
   先圣及先师颜子之像，春秋二时祭拜。"

贞观三年（629），令狐衮任敦煌县学教授

下县之学设博士一人，助教一人，学子二十人

前凉张轨出任凉州刺史

征九郡贵胄子弟五百人，立学校

始置崇文祭酒，春秋行乡射之礼

重用学者宋配、阴充、氾瑗、阴澹四人担任股肱谋士

延请名师张重华为儒林祭酒

授业不倦，学子达两千余人

酒泉人祁嘉，至敦煌，依学宫诵书

举办私学，名重敦煌

西凉建都敦煌后，李暠兴立泮宫

增高门学子五百人

建靖恭堂、谦德堂、嘉纳堂

既读圣贤书,也闻窗外事
兼听四方,议论朝政

北凉沮渠蒙逊兴建游林堂
与群臣谈经论传

吐蕃占领敦煌后,设国子监和太学
有载:大蕃国子监博士窦良骥
宰相判官见太学博士陇西李颙
同时,兴寺学,设世俗学问
既是僧侣修行之所,也是儒学修业之地
中原文脉并未中断,儒释兼修
敦煌的文化火种在吐蕃治下传续

张议潮时期,设置检校国子祭酒和太学博士
唐大中五年(851),第一任国子祭酒为李明振
为凉州司马检校国子祭酒兼御史中丞
第一位太学博士为宋英达
重新确立庙学一体,孔庙和州学合一

元至元二十八年(1291),瓜、沙二州尽迁甘州、肃州
村落荒废,教育衰落
明朝时闭关绝供,关闭嘉峪关

再迁瓜、沙二州居民至甘州等地

二州旷无建制两百年，成游牧地

火种渐熄，宫弃庙废

然寺庙香火不绝如缕

清康熙、雍正迁甘肃五十六州人居敦煌

敦煌县学道复兴

乾隆二十五年（1760），知县曾希孔修建鸣沙书院

城西外建文昌宫、魁星阁

书声渐复，星辰擦亮

儒学兴起，烛光摇曳

乾隆四十二年（1777），赵学诗首获"拔贡"

乾隆五十一年（1786），中举，成敦煌第一文举

人称"赵敦煌"

书院后来屡有修缮，义学私学并起

第十七章 长城·烽墩·堡驿

献　词

辽阔无边的北方，空旷悬浮的大地

长城如手臂阻挡

烽墩如巨人守望

保驿如旅馆补给

远古的烽火信号

有限的家国天下

黎民百姓如沙粒飘飞

剩下时间的碎屑如断壁残垣

第一节　遮虏障：
　　　　遮挡了北方的风沙

太史公曰：始皇欲游天下，道九原，直抵甘泉

乃使蒙恬通道，自九原抵甘泉

堑山堙谷，千八百里，道未通

自此，长城西延的种子或许埋下

烽墩并起，遮虏障雄列

仅肃州境内就有二百九十四座墩台

像一个个巨人站立在空旷的河西走廊

遥遥相望，在风中为边地致意

一簇灰黄的狼烟升腾而起

如烽燧伸出了呼救的臂膀

几载王朝兴，政权更迭急

边疆的驻军越来越不自信

守烽戍兵，或粮绝，或水尽

至死守候，若守着母亲

也有屯田将士，家小轮守

夜晚男人值守

狼烟起，全家悉数扑向烽墩

执戈。扯弓。奔走相告

每一个王朝都梦想国祚绵长

每一个帝王都祈盼万寿无疆

秦始皇为此修建了御敌长城

从临洮到山海关

先后用十年,劳民四百万

多少的孟姜女,多少的汉子

多少的血肉之躯,多少的冤魂不散

封起来,终于筑起了短暂的自信

唐代的路博德,自岭南归来

站在山丹大口子远眺

城东北一百三十里,连山忽断

大道中通,直走朔漠

一次危险的眺望,仿若匈奴千军万马杀入中原

筑障。自山丹大口子至居延塞

筑起一道长长的边墙,防御匈奴的铁骑

仿佛为生民的心脏建了围墙

隋大业三年(607)七月

隋炀帝杨广"发丁男百余万筑长城,

西距榆林,东至紫河,

一旬而罢,死者十五六"

大业五年,隋炀帝《饮马长城窟》:

"肃肃秋风起,悠悠行万里。

万里何所行,横漠筑长城。"

修筑新墙,连接旧墙

杨广所修边墙,像一条巨龙

出没于山川之间,在无边的原野尽头

超乎人们的想象,撞金鸣鼓

千乘万旗移动行止,在长城窟豪迈饮马

自诩此举智慧高超

乃万世安全之策,百姓安居之本

从此可以高枕于上京,不再为西域匈奴所扰

征夫白骨筑起了隋炀帝的政绩之墙

至明朝,营堡遍野

山丹营、大马营、洪水营、黑城营、峡口营、马营墩、梨
　　园营、平川营、南古城营

东连凉州,西接酒泉、敦煌

无数的营连接起来

像无数的手牵起来,筑起了一道人墙

营外设铺(堡),铺外建墩

墩上狼烟隐伏,有敌入侵随时点燃

终究,在狼烟中不时蹿出匈奴战马

像更锐利的一束火焰,燃向河西走廊

明嘉靖年间，甘州巡抚唐建、杨博

先后增修险隘十四五处，修筑边墙二三十里

连接诸多村堡，每每烽火相望

其间，西宁道副使石永巡查边事

向皇帝开呈三事，其一为修筑边墙

自此，千里走廊开启了万里长城的修筑

边墙，遮虏障，长城之别称

最巨大的墙，高五丈，地基四丈，墙顶宽两丈

次之，地基一丈五尺，墙顶宽九尺，高两丈三尺

再次之，地基一丈二尺，或九尺，墙顶同宽，高七尺或五尺

墙外深壕，深三尺或二丈，同宽，壕底一半宽

遇到山崖，崖窄处堑山深三丈，同宽

隘口，河西水流之出口，凡不胜数

用于灌溉，也用于兵防

边墙遇到隘口，筑关闸

关闸底宽三丈，闸口宽八丈，高三丈

边墙将山川水陆相连，绵延向东

若苍龙，若苍生之命运

被王朝之手安排妥当

第十八章 西路军：血柱擎天

献词之一

刚被屠城。惊魂未定

为国寻找方向。为苍生命

寻找路径。为家国计

漫长的二万五千里长征刚刚结束

千里河西走廊近在咫尺

绵延的祁连山像一头独角兽

围追堵截，绞杀不剩

冲出去，陷进来

像多少平凡的人生遭际

突围。陷落。突围

直至终了。河西走廊的麦子尚未吐穗

祁连山野兽出没。草民含悲

万人坑中回汉男儿同葬

一块墓碑，高耸在苍天

河西辽阔，英魂不死

献词之二

一簇白花从祁连山一般高远的梦中

落下来。香喷如面片在铁锅中沸腾

树干在遥远的都市像珠峰

枝叶高可接天，树冠大可蔽日

花朵阵容庞大，天女从天而降

感谢上苍，第一时间把这束花

赐给我和遥远的家乡

只是炉火还未笼燃，土坯炕尚未烧烫

故乡的锅灶空冒着焰火和水泡

正好花落，我未还乡

菩萨慈悲，笑容无端地空洞

我即将赶着马车，拉上乌黑的煤炭

踏着这白色的花道,送到孤独的家门

另外,做一套棉衣棉裤和棉鞋

颜色暗沉,里色猩红

不露声色的温暖

以及对冬天应有的尊重

还应画一匹枣红马,一辆木轮车

装上人间,在寒衣节当晚

在羊蹄花落满羊城的某个角落

我点燃一根火柴说,在故乡下雪之前

送达那寂寂无声的坟头

民国时期，西北远离国民政府

成了军阀肆虐的法外之地

跃出远近昭著的"西北四马"：

马步芳、马步青、马鸿逵、马鸿青

其内部又分化成青海马家军和宁夏马家军两个派系

"青马"头子马步芳势力最为强盛

是西北一带臭名昭著的"土皇帝"

1936年西路军西征之前

马步芳获"西北剿总"第二防区司令的头衔

将"青马"发展到"九个旅五个独立团"

兵力三万六千余人，像一头巨大的野兽

卧在河西走廊的路口，张着血盆大口等待着大小猎物

马家军大多由当地回族百姓组成

他们熟悉地形，擅长骑射

作风彪悍，单兵作战能力极强

马步芳还在青海组建了一百零七个地方民团

人数约有十五万

此外，马步芳还组建了八十六个骑兵民团

配备了六万九千余匹马、五万多支枪、四万余把刀

此前，马家军在河西屠城夺寨

掠地拔城，旋风一般来去

无辜百姓之血泅红沙土

民国十九年（1930），马步芳把安西、敦煌、玉门、酒泉、
　　高台、鼎新、临泽七县划为马仲英驻防区
南京政府将马仲英任命为中央陆军新编第三十六师师长
马仲英遂继续大肆征兵派差，扩编部队，整顿练兵
民国二十年（1931），马仲英由宁夏突入甘州
自封为甘、宁、青联军总司令
管辖甘州以西各县，扩军不遗余力
百姓负担十倍于从前
省防第二师第九旅长马虎臣清乡到敦煌
马虎臣为人异常贪暴，织罪敛钱无度

红军三大主力会师后，中共中央决定
利用西北远离国民政府控制的地缘优势
开辟出一条更加接近苏联的联络通道
并建立起西北革命根据地
中央军委指示渡过黄河的红四方面军
组建西路军，由徐向前率领西征
西路军共分为三个军，两万一千八百人
却仅配有六千九百余支枪
其中，第五军三千人配有一千余支枪
平均每枪子弹五枚
有八千七百多人是机关干部和后勤人员
以及伤员和未成年的小战士

他们刚刚走完二万五千里长征

又面对千里河西走廊

信仰在天　信仰在上

10月24日至28日，西路军西进

决定以三十军为前卫

抢占一条山、五佛寺，控制五佛寺渡口

以九军攻占锁汗堡、大拉牌等地，遏阻西南援敌

五军殿后，警戒兰州来援之敌

战斗一打响，马家军猝不及防，一条山的敌军被消灭

红军攻占五佛寺，控制渡口船只

九军歼灭大拉牌的守敌

包围锁汗堡五千六百多马家军

马家军迅速调集五个骑兵旅

赶到一条山，在马元海指挥下反扑

三十军政治部近百人被两千多马家军包围

李先念派八十八师救出了政治部人员

11月3日，九军将马家军六百多人围困在锁汗堡

经一再争取，马家军愿意交出粮食投降

放回凉州。善意被辜负

四天激战，击毙马家军千余人

敌人停止进攻，假意败走

11月11日，中央正式批准成立西路军军政委员会

陈昌浩为主席,徐向前为副主席

13日,九军攻克古浪
马家军风风火火前往救援
西路军三十军趁势围攻凉州
却未攻城,借道西去
18日克永昌,21日克山丹
正当顺利西进时,九军在古浪遭遇马家军三个骑兵旅围攻
血战三昼夜,敌我各伤亡两千多人
军参谋长陈伯樨、二十五师师长王海清、二十七师政委易
　　汉文等壮烈牺牲
军长孙玉清负伤。西路军减员三分之一

西路军元气大伤
突破重重围堵,到达武威后
西安事变爆发,西路军停永昌
在永昌和武威之间开辟革命根据地

1937年1月初,西路军克高台、临泽
1月12日,马家军重兵围攻高台
五军将士无电台联系总部
血战七昼夜。无法突围
军长董振堂、政治部主任杨克明等三千将士壮烈牺牲

2月1日，马家军投入七万多兵力

围攻西路军所在的各个村庄

屡屡遭挫，死伤惨重

2月中旬，徐向前部被困倪家营子

打退马家军九次进攻，毙敌万余

最终几乎全部壮烈牺牲

西路军余兵散布在祁连山区

打游击，隐姓埋名，最终回到延安

徐向前最终被耿飚援军寻找回去

一条血河流淌在河西走廊

1949年8月21日，彭德怀率领第一野战军

与马家军决战兰州，取得压倒性胜利

歼灭马家军三十万人

8月30日，入兰州城

此后顺利解放全西北

河西走廊翻开了新篇章

第十九章　移民：
　　　　河流的方向，人的方向

献　词

来了，去了

如风中的草籽

聚了，散了

如一行故纸堆里的文字

脚印陷进泥土，再难拔出

天下熙熙皆为利来

天下攘攘皆为利往

无利可图的人生只有迁徙

不要走散，叫魂

不要失散，亲人

长路漫漫，风尘仆仆

谁知道故乡的方向

谁知道命运的归宿

张狂一时的流放

无可奈何的流浪

随波逐流的飘荡

游魂一般的张望

无需誉美，无需乖张

像土匪一样的诗人

正是绝望的希望

西风吹来一缕稻香

第一节　匈奴内迁：
　　　　改道的河流终将入海

汉元狩二年（前121），霍去病长驱直入河西

击杀匈奴数万人，获休屠王祭天金人

匈奴浑邪王率四万余众投降

俘虏了休屠王太子及其王公贵族

刚刚修建的休屠王城在潴野泽边

空空如也，若一座佛国坛城

因祭天金人，汉武帝赐姓为金

到达长安之后，王子叫金日磾

母亲阏氏、弟弟金伦都沦为汉宫之奴

总计数千人等

人上之人沦为人下之奴

被安置在黄门署饲养马匹

此为河西之民第一次被迫内迁

汉太初五年（前100），金日磾母亲教子有方

武帝得知后大为赞许

金日磾之母病逝后

汉武帝下诏在甘泉宫为她画像

题名"休屠王阏氏"

金日磾每每见母画像

皆叩首下拜，对画像涕泣

金日磾此后升为侍中、驸马都尉、光禄大夫

汉后元二年（前87），汉武帝一病不起

临终嘱托霍光辅佐太子刘弗陵

霍光要谦让给金日磾

金日磾说：我是外人，勿让匈奴轻视汉朝

于是做霍光的助手

汉武帝临终留下遗诏

封金日磾为秺侯

金日磾因汉昭帝刘弗陵年幼

坚辞不受。直到金日磾生命垂危

终在病榻上接受昭帝的封号及印绶

金氏后代此后在汉廷功绩卓著

直至汉亡

第二节　昭君出塞：
　　　　　和亲移民

呼韩邪单于率部众南下

靠近汉朝边境，欲归附汉廷

汉甘露元年（前53）先后派遣左右贤王入汉

作为归附的先遣人员

甘露三年（前51）春正月，入汉觐见汉宣帝

汉廷热情款待，颁呼韩邪单于"匈奴单于玺"金印

承认他是匈奴的最高首领

确立了君臣名分

之后，呼韩邪单于多次入朝

向元帝求婚

元帝答应单于之请

选宫女王嫱为公主，赐配单于

昔日宫女成为留名青史的王昭君

昭君带着汉廷的政治、文化、经济人才

组成庞大的陪嫁团移民草原

下嫁匈奴单于呼韩邪

汉廷的文明开始渗进草原

匈奴归附汉廷

第三节　匈奴内迁：
　　　　人潮涌动

光武帝建武二十四年（48），东汉渐稳

匈奴政权却再陷危机

呼韩邪单于之孙乃乌珠留若鞮单于之子

被南边八部大人共同拥立为醢落尸逐鞮单于

匈奴分裂为南、北两大部

匈奴大联盟从此宣告破裂

此时，匈奴地处草原连年旱灾、蝗灾

人畜死亡大半

南单于遣使至五原塞,请求内附

表示"愿永为藩弊,捍御北虏"

汉朝正苦于匈奴连年入侵,穷于应付

接受了他的请求

东汉建武二十五年(49),南单于又遣使到汉都洛阳

表示愿意奉藩称臣,贡献族中珍宝

愿遣侍子,修旧约

自建武十八年以来,南匈奴单于驻牧于南边

所领八部牧民分布在五原、云中、定襄、朔方、雁门、上谷、代、北地各郡

归附的匈奴被东汉安置在北边八郡

汉廷为便于控制南匈奴

建武二十六年(50)遣中郎将段彬等

到南匈奴设立单于南庭于五原西部塞八十里处

随后又让南单于入居中郡,不久再迁至西河郡美稷县

东汉仿照西汉旧制,以诸侯王之礼仪

颁给南单于金玺和绶印,另赐财物粮食牲畜

每当南匈奴处境困难时,照常接济

此外,东汉还特设"使匈奴中郎将"一员

专管护卫南单于之事

南匈奴逐渐沦为汉朝的藩国

北匈奴自南北分裂之后

不断受到汉朝、南匈奴以及鲜卑人打击

腹背受敌,居无定所

见南匈奴日子过得滋润,北匈奴也萌生附汉意愿

东汉永平二年(59),北匈奴护于丘率千人降

东汉建初二年(77),南单于攻北匈奴于涿山

降者三四千人

建初八年(83),北匈奴三木楼訾大人稽留斯等

率三万八千人、马两万、牛羊十万余,至五原塞降汉

东汉元和二年(85),北匈奴大人车利、涿兵等分七十三

  批入塞归附

东汉章和元年(87),鲜卑进攻北匈奴,北匈奴大乱

屈兰、储卑、胡都须等五十八部

人口二十万,兵八千人,至云中、五原、朔方、北地降汉

东汉永元元年(89),汉将耿秉、窦宪联合南单于出兵朔

  方

大破北匈奴,俘虏二十余万

永元八年(96),南单于部下乌居战率数千人叛出塞

被汉军击败受降,两万余人被安置在安定、北地二郡

第四节　短命而亡：
　　　　匈奴姓刘之后

东汉建安七年（202），曹操派钟繇围攻呼厨泉单于

南匈奴呼厨泉单于降附曹操

其部众蔓延于黄河流域诸郡

势力不断强大，曹操担心日后成心腹大患

将各部落分散并限定其居住地域

建安二十一年（216），曹操对南匈奴旧制进行改革

趁着呼厨泉单于率领诸王入朝的机会

将其拘留在邺城，让右贤王去卑返回平阳

监督、管理呼厨泉所统辖的各部落

终结了匈奴的单于王朝

任其散居于并州的西河、太原、雁门、新兴、上郡及河东
　　六郡

接着，曹操又将呼厨泉部划为五个大部

每部各设一个汉人司马

仍然任用单于子弟为部帅

汉人司马都直属中央政府

完全将南匈奴纳入曹魏管辖之中

匈奴贵族丧失了直接统治其部民的权力

而匈奴平民则沦为曹魏"编民",承担赋税徭役

西晋初年,塞外匈奴继续内迁

晋武帝相继安置南迁匈奴数十万人

以前内迁的部分匈奴则继续南徙东移

寥落散居于中原各地

随着不断内迁,匈奴人不断汉化

匈奴贵族开始积极学习汉文化

使匈奴与汉族逐渐融为一体

西晋末年,"八王之乱"爆发

诸王割据混战,经济凋敝

百姓流离失所,西晋的础柱开始摇晃

匈奴等北方少数民族见有机可乘

纷纷起兵攻晋,逐鹿中原,"五胡乱华"

匈奴贵族刘渊异军突起,占领中国北方的大部分地区

打出了恢复刘氏汉朝政权的旗号

西晋永兴元年(304)在左国城(今山西离石县北)建立
　　汉国

不久,刘渊之子刘聪攻占洛阳和长安,西晋灭亡

之后,匈奴贵族靳准杀死刘聪子刘粲,灭其家族

自立为汉天王。刘聪族弟刘曜在长安拥兵自立

建立前赵,消灭了靳氏

不久又被羯人石勒的后赵取代

短命而亡，历时仅二十六年

第五节　骊靬：
来自罗马的传奇

汉宣帝初年（前70）

古罗马政权由庞培、克拉苏和恺撒三人合伙掌管

史称"三头政治"

一日，恺撒请庞培、克拉苏共商国是

克拉苏、庞培两人主张"三分天下"

将帝国一分为三，分而治之

庞培愿得比较富饶的西部，以安度晚年

克拉苏愿分得罗马的东部以便征服东方，走向那个黄金
　　世界

恺撒同意。三人按各自意愿分得了领土和城邦

克拉苏分得罗马东部之后，便开始东征

这个计划蓄谋已久。他早就听说叙利亚以东

有个叫帕提亚的大帝国（今伊朗高原）

和叫作安息的国家，势力强大

从此便萌生了东征的想法

第十九章 移民：河流的方向，人的方向

大将克拉苏便紧锣密鼓备战

征兵，买粮，打造兵器

一个约四万人，由七个军团组成的大军集结完毕

公元前53年，克拉苏亲率大军团，跨过叙利亚，向安息
　　进发

进抵安息边境时，遇到了一小股军队抵抗

罗马军团势如破竹，数日便到达卡尔莱（今叙利亚境内）

鏖战十余日，未能攻克

兵卒疲惫不堪，战马伤痕累累

此时，罗马军团得到可靠情报

安息人趁其不备，早已截断其后路

四面八方围攻过来。罗马军腹背受敌

迫不得已在卡尔莱拼死突围

反而被安息军队死死困住，情势愈加危急

克拉苏见大势已去，夜里召来其长子李西尼

父子二人抱头痛哭，克拉苏说：

"我如今年老体弱，加之近来鞍马劳顿

如今深陷围困，顺利脱身已是无望

此刻，只有你突围出去，才是唯一的出路

你去杀了战马，军士饱餐，拼尽全力突围

哪怕只你一人活着回去，也在所不惜

回去之后，你告知庞培、恺撒

他们二人定会为我报仇的。"

父子二人挥泪告别

李西尼带领一支精兵全力突围

杀声四起，血肉横飞，克拉苏最终全军覆没

沦为战俘

安息国王让军士将金子熔化后灌入克拉苏口内

一股滚烫的暖流将他送上天堂

李西尼带领第一军团约六千人

拼命厮杀到天亮，终于杀出重围

突围之后，身边还剩四千余人

逃窜一天一夜，才摆脱后方追兵

李西尼虽逃过此劫，却慌不择路

第一军团迷失了方向

四千多人沿路乞讨打猎

出入山谷荒漠，过起了流浪生活

公元前52年，匈奴呼韩邪单于归附汉朝

其兄郅支单于与弟弟分裂

拉起队伍另辟蹊径，向西域而去

在今哈萨克斯坦江布尔一带修筑郅支城

建立政权，与汉为敌

此时，罗马散兵窜进了郅支单于的疆域

郅支单于将这支罗马军队收编麾下

成为雇佣军。罗马军人重操旧业

汉元帝建昭三年（前36），汉朝西域都护骑都尉甘延寿与
　　副校尉陈汤

征召西域十五国兵和汉朝西域屯田兵四万余人

陈兵于郅支单于的这支罗马军团阵前

这些罗马军人手持一人高的巨大盾牌

千余人布成正方形鱼鳞阵

盾牌在前，密不透风

喊着口号，迈着整齐的步伐

汉军箭弩齐发，骑兵军团迅猛出击

鱼鳞阵难现其长，匈奴军一败涂地

郅支单于受伤而死，贵族和士兵死伤无数

汉军斩杀阏氏、王子、名王以下一千五百一十八名，活捉
　　一百四十五人

收敌军一千余人。其中一部分是罗马的残兵

战后，陈汤将这些罗马人带回了汉朝

汉元帝下诏"初设骊靬县，取国名为县"

"骊"，即汉朝对罗马的称呼

将罗马人安置在今甘肃永昌县南，命名为骊靬城

四年后，骊靬城堡出现在西汉版图上

罗马人在大汉有了自己的土地，自此定居

公元 592 年，鉴于骊靬人已被汉人同化
隋文帝下诏，将骊靬县并番和县（今永昌县）

第六节　北匈奴西迁：
　　　　 欧洲舞台上的左衽者

"我们那遥远的祖先，
是怎么走过亚洲漫长的道路，
来到多瑙河边建立起国家的？！"
匈牙利著名诗人裴多菲笔下的诗句
表达了他对先辈们的赞美和景仰
同时表明对自己是匈奴人后裔的认同

公元 91 年，汉将耿夔率大军出居延塞
大破北匈奴于金微山，北匈奴损失惨重
战败的北单于率领残部和族人向西遁逃
开始了漫长而曲折的西迁之路
先迁往伊犁河上游乌孙游牧地，建立悦般国
北匈奴在乌孙地区停留了一段时期后
精锐部队继续西迁，到达了康居（今哈萨克斯坦中南部）
老弱病残仍留在乌孙。后被柔然吞并

公元 260 年，北匈奴又不得不离开康居

其间，大月氏人在康居南建立贵霜王朝

正是当年遭匈奴袭击而西迁于此地

匈奴和贵霜王朝持续冲突和摩擦在所难免

最后放弃康居，继续西迁

4 世纪中叶，匈奴人出现在顿河河畔

和此地的阿兰聊人为争夺顿河草原，展开旷日持久之战

二十多年后，匈奴人最终打败了阿兰聊人

占领了阿兰聊国的顿河草原

开启了匈奴肆虐欧洲一百余年的历史

阿兰聊国被匈奴占领后，部分人屈服于匈奴

有一股势力向南逃到高加索山中

另外一部分则向西逃到东哥特境内

不久，匈奴人渡过顿河，继续西进

公元 375 年攻入东哥特境内

东哥特人难以抵挡匈奴的凶猛进攻

溃退到西哥特境内。匈奴又攻打西哥特

西哥特照旧难挡匈奴

部分南逃到多瑙河以北的森林

部分则向西渡过多瑙河进入罗马帝国境内

匈奴人紧追不舍，继续西进

横扫欧洲

第七节　逆行者：
　　　　匈奴入主欧洲

匈奴征服了东西哥特和其他日耳曼部落后
如一株高大的冷杉在东欧崛起
公元 395 年，罗马帝国分裂为东、西罗马帝国
彼时，匈奴正处于乌尔丁大单于统治时期
随着罗马帝国不断衰微
日耳曼人相继在罗马帝国境内建立王国
几十年间，日耳曼人与罗马人摩擦不断
而此时匈奴人则很少参与他们的战争，坐收渔翁之利
趁机占领多瑙河沿岸大片地区
和南俄罗斯大草原

休养生息，人口迅速增长
乌尔丁大单于的野心如多瑙河两岸广阔的草原
他率领匈奴人继续莽撞西进
开始连年侵扰东罗马
公元 400 年，北匈奴一举夺得整个多瑙河流域
一度攻入意大利

乌尔丁大单于死后，匈奴短暂沉寂

奥克塔尔大单于时期再次兴盛

匈奴以大匈牙利平原（当时称潘诺尼亚）为中心

在中欧建立匈奴帝国，单于王庭在今匈牙利布达佩斯附近

强盛的匈奴帝国是当时东、西罗马帝国的最大威胁

奥克塔尔死后，其弟卢加继承王位

公元 422 年和公元 426 年，匈奴两次攻打东罗马的色雷
斯和马其顿

迫使东罗马帝国从公元 431 年开始

每年向匈奴交纳岁币黄金三百五十磅

并在边境地区与匈奴开放互市

公元 434 年，卢加单于去世

他的两个侄子阿提拉和布列达共同继承王位

共同执掌军政大权，各自管辖一部分领土

阿提拉自幼被作为质子送入罗马宫廷

不仅学会了罗马人的生活方式

还濡染了罗马文化习俗，精通罗马内政外交

他身材矮胖，黑眼宽肩，脖子粗短，而头颅硕大

头发乌黑粗硬，胡须稀疏

新单于继位以后，沿袭前朝军事策略

继续对东罗马发动战争，迫使东罗马将岁贡翻番

由三百五十磅黄金上涨为七百磅黄金

公元 445 年，布列达遇刺身亡

阿提拉接管布列达管辖的领土

成为匈奴帝国唯一的最高统治者

此后，阿提拉对北欧和东欧发动了大规模战争

没费太大气力，诸多民族政权纷纷倒戈臣服

收复东方和北方后，阿提拉开始向东罗马进犯

公元 447 年，东罗马首都君士坦丁堡和色雷斯等地区发生地震

造成不少人员伤亡，建筑设施损坏严重

东罗马境内人心慌乱

阿提拉趁乱攻入，东罗马军队节节溃退

匈奴直取达达尼尔海峡和希腊的温泉关一带

趁势占领许多城市，首都君士坦丁堡危在旦夕

情急之下，东罗马帝国被迫求和

公元 448 年签订和约

规定东罗马向匈奴帝国支付赔款六千磅黄金

岁贡金额从七百磅黄金上升到两千一百磅黄金

公元 448 年—450 年，匈奴帝国的领土空前辽阔

东起咸海，西至莱茵河，南至阿尔卑斯山，北至波罗的海

公元 450 年，阿提拉又将矛戈指向西罗马帝国

此时的西罗马原本已风雨飘摇

匈奴的到来更是致命一击

加速了西罗马帝国的崩溃

早在匈奴人攻入之前

西罗马的奴隶和农民掀起了巴高达起义

公元 435 年,起义军占领高卢西北部的布里塔尼、诺曼底一带

并建立起了一个独立国家

公元 451 年,阿提拉率领五十万大军

沿莱茵河攻入西欧

西罗马帝国和西哥特紧急联合

大将阿伊喜阿斯和西哥特王狄奥德利克率领两国军队

共同抵抗匈奴进攻

匈奴攻下莱茵河以西的重镇梅斯

并以此为根据地,继续西进,直逼奥尔良

西罗马和西哥特联军从后面追击

两军在巴黎东南的特洛伊城郊外遭遇

战斗异常激烈,西哥特人损失惨重

国王狄奥德利克阵亡

一天时间,双方死伤十几万

次日,西哥特人为了给死去的国王报仇

发动新一轮进攻。阿提拉用战车护卫自己的军队

以防御西哥特人的进攻

复仇的火焰熊熊燃烧,匈奴人陷入颓势

战败。但阿提拉很快重振部队

公元 452 年再次向西罗马帝国发动攻击

而这次的目标是意大利

阿提拉取道巴尔干，越过阿尔卑斯山攻入意大利

相继攻陷重镇阿奎利亚、巴杜亚、费罗那、米兰福城

意大利北方大部均遭不同规模的破坏

城市基本被毁，部分地区被洗劫一空

阿提拉准备乘胜追击，继续进攻帝国首都罗马

但因北部军队发生瘟疫，死亡严重

且东罗马的援军即将到来，而意大利因粮食歉收

阿提拉不得已从意大利撤兵

回到多瑙河以东的匈奴帝国首都

不久，阿提拉在自己盛大婚礼的当晚

酩酊大醉，倒在婚床上血崩而死

阿提拉死后，他的儿子们因瓜分庞大的"匈奴帝国"

而发生战争。继承人各个无能

附属国也不甘永远受匈奴人的压榨

日耳曼附属国一个个乘机造反

摆脱匈奴人的统治。以吉匹特人和东哥德人为先锋

率先起兵

吉皮底国王阿达利克原来是阿提拉的亲信

公元 455 年，他联合东哥特人、西利安人、鲁吉安人、赫鲁人

大败匈奴人于匈牙利的诺都河岸，杀三万余人

阿提拉的长子爱拉克阵亡

次子率领残部逃到多瑙河下游

在匈牙利定居下来

另一子逃，匈奴帝国彻底瓦解

第八节　移民河西：丝绸之路尘埃飞扬

西汉文帝时，晁错建议移民河西

依晁错之见，招募移民应自愿

给予有意愿迁移者优待政策：

服刑罪犯和获得赦免，或服刑期满的罪犯

愿用奴婢为自己赎罪的罪犯

或者想要用奴婢来买爵位者

自愿迁移的普通百姓

赐较高爵位，免除赋役

初期供粮食，免费发放四季衣服

光棍由政府出资迎娶一个配偶

凡能制止匈奴掳掠者

或能将被掳掠的人救回来者

分一半被救人作为对他们的奖励

官府付钱将这些人赎回

晁错建议甚好。文帝采纳并推行

然收效甚微

西汉元朔二年（前127），卫青、李息等率兵出击匈奴

大胜而还，收复了阴山以南的秦朝故地

汉武帝随即在河套地区设置了朔方郡和五原郡

这年夏天向朔方郡移民十万

西汉元狩四年（前119），关东地区因连年遭受水灾

出现大量流民。这一年，向西北迁移七十二万五千人

这是汉代向西北地区规模最大的一次移民

此后，汉武帝又将六十万大军派往

  河西、西河、朔方、上郡等

移民居住地带驻兵屯田，卫护边境

西汉征和二年（前91），汉武帝在"巫蛊之祸"中被江充、

  苏文等奸臣蒙蔽

戾太子刘据被逸害，不得已在长安发兵，不久兵败自杀

武帝得知真相后，迅速平息变乱

牵连的大批官员被发配到了敦煌郡

这次变乱中受牵连的官员数量众多

史书中无明确记载

但据此推断，迁至敦煌的人口不少

东汉时，迁移罪犯移民边疆

成了向西北边疆移民的主要形式

第九节　入主中原：
##　　　　少数民族东迁

南北朝后期，突厥在辽阔的北方迅速崛起

木杆可汗时期,突厥领地已达东自辽海(今辽河上游)以西,
　　至西海(今里海),南至沙漠(即大漠)以北,至北海(今
　　贝加尔湖), 东西跨度五六千里

隋开皇三年（583），突厥部以阿尔泰山为界分裂为东、
　　西两部

为东突厥和西突厥

西突厥主要在葱岭一带活动

东突厥则盘踞大漠南北

时常侵扰中原王朝的北部边境

隋唐之际，中原政权的争斗和厮杀

给旁观的东突厥带来了绝好的发展契机

战乱让饱受迫害和流离之苦的汉族百姓

纷纷逃往长城以北安全地带

加入突厥部落寻求出路

突厥势力迅速壮大

人口超过百万

唐初，东突厥暗中支持北方沿边少数民族反唐

多次入侵关中、河东、河北等地

给新生唐政权带来极大的干扰和破坏

唐建立之后，国力日益强盛

突厥却逐渐陷入巨大的危机中

自然灾害频发，国力每况愈下

东突厥的薛延陀、回纥等部落反叛自立

脱离部落联盟

内讧加剧了东突厥的衰落

唐统一华北之后，对东突厥采取军事行动

利用薛延陀、回纥反叛东突厥的内乱时机

乘机大举北伐

贞观三年（629），大将李靖、李绩等统兵十余万

分路出兵，讨伐东突厥

至贞观四年（630）初，生擒颉利可汗，东突厥汗国灭亡

分别俘获突厥男十余万和女五万余

迁往唐朝境内

唐太宗置羁縻府州

在东到幽州、西至灵州的沿边地域

设立了顺、祐、化、长四州都督府

又将颉利可汗原来的疆域划分为六州

设置了定襄都督府和云中都督府来管辖这些地方

从东到西，自河北道的营州

到凉州之间数千里

成为突厥移民广泛分布的地区

河南地是突厥移民最集中的地区

与当地的汉族不断融合

部落首领及大臣们则大量迁往中原内地

封官的突厥上层官员

五品以上的就达一百多人

入居都城长安者数千家

贞观十年（636），逃到西突厥地界

  自封为都布可汗的东突厥拓设阿史那舍尔

率领万余部众归顺唐朝

不久，西突厥可汗阿史那弥射

被企图篡位自立的族兄阿史那步真攻打

迫于无奈，率两个部落归顺唐朝

被授予右监门卫大将军

不久，阿史那步真因自立后不能服众

也携带家眷逃奔唐朝

被授予左屯卫大将军

两兄弟从此定居长安

再没有回过故地

东突厥归降,拉开了周边民族内迁的序幕

贞观末年,薛延陀被唐军攻灭后

铁勒诸部纷纷归降

开元初,铁勒各部落南迁人数

  文献缺乏记载,据推断应在二三十万

安禄山担任范阳节度使时

为扩充军事实力

曾极力拉拢铁勒移民加入他的军队

在战乱初期的头几年

唐军被动应战,危急之下

征调铁勒移民到中原各战场上抵挡叛军

为保卫长安,唐委派哥舒翰为副元帅

统领河陇诸藩二十余万人驻守潼关

其中不少人乃铁勒移民

此役哥舒翰部损失惨重

不少铁勒移民战死沙场

幸存者逃散,之后不再返回河西

铁勒部落中,西迁的回纥部落未陷入战争

他们集中聚居，并建立起了自己的政权

西迁回纥分成三支

分别迁往今天的新疆和甘肃河西走廊

迁往新疆的两支建立了喀喇汗国和高昌国

分别被称为葱岭西回纥（阿萨兰回纥）和高昌回纥（或西州回纥）

这两支回纥人与当地的民族长期共处

逐渐发展成为今天的维吾尔族

另一支投奔吐蕃的回纥

主要在河西走廊一带活动

被称为甘州回纥或河西回纥

成为今天裕固族人的祖先

隋唐两朝实行对外开放

中原与西域贸易发展迅速

粟特人，以善经商闻名

隋唐时，以粟特人为代表的西域胡商纷纷来华

于长安、洛阳等繁华都市开展各种商业贸易

有开旅店、放高利贷腰缠万贯的大商人

也有从事各种小本买卖的小商贩

更有沿丝绸之路长途贩运东西方奇珍异宝的大商队

一些作为质子的西域国皇室成员在中原娶妻生子

成了唐朝的臣民

波斯人阿罗憾，石国人石宁芬、石思景父子

康国人康从远的父亲

曹国人曹明照父子

疏勒人裴达、裴沙父子

何国人何怀昌的祖先

皆以此身份定居唐都长安

开元、天宝间唐鼎盛，质子入朝形式的移民最多

西域各国为赢得中原皇帝的欢心

不时向中原王朝进献奇珍异宝

一些艺术家也被作为礼物，派送中原

著名画家尉迟乙僧就是吐火罗国王派往唐朝

康国曾经向唐朝进献擅于西域胡旋舞的舞伎

一时胡旋舞风靡长安

东汉时，粟特人开始从西域将女奴贩卖到中原

唐时，这种奴隶贸易更加频繁

长安等地的酒肆是女奴的生存场域

或在街头表演西域歌舞为生

有些还被一些官宦雇佣为歌姬

高宗时，波斯在和大食的战争中战败

王子卑路斯就曾带着家眷随从来长安避难

另外，西域诸国内乱频发，外侵不断

受战乱之苦者也纷纷逃到唐域避难，成为移民

第十节　大槐树下：
　　　　最后的文化屋檐

明初，两淮、山东、河北、河南等省份的人口

出现"十亡七八"的局面

元明交替之际，全国各地的水、旱、蝗、疫灾害接连不断

仅元朝末年水旱灾害，山东十八次，河南十七次

　河北十五次，两淮地区八次

大蝗灾亦有十八次之多

长期战乱和连续不断的自然灾害

使河南、山东、河北、安徽、江苏等地

人口数量锐减

"道路皆榛塞，人烟断绝"

稳定社会秩序，恢复农业生产成了明朝的当务之急

明朝采取移民垦荒来推动农业发展

政府主导了多次大规模移民

这就是历史上著名的山西洪洞大槐树移民

人稠地狭的山西是移民的主要迁出地

大量东部居民被迁移到陕西、甘肃、宁夏、青海一带

江苏、安徽、湖南、四川、河北、山西等都有涉及

明政府在洪洞县城北贾村驿旁的广济寺设立移民局

派遣官员到此主持移民事宜

把各地待迁的民众集中起来

统一编排队伍，发放"凭照川资"

再由官府护送迁往不同的地方

广济寺门前的汉植大槐树

成当时各地移民的最后记忆

"问我祖先在何处，山西洪洞大槐树。

祖先故居叫什么，大槐树下老鹳窝"

从明洪武三年（1370）到永乐十五年（1417）

洪武年间十次，永乐年间八次

涉及十八个省份五百个县

朱元璋称帝后，提出"兴国之本，在于强兵足食"

大力推行军队屯田，让军队从事农业生产

在今陕西、甘肃、宁夏三省境内实行军卫屯田

西安府、凤翔府、潼关、邢州、汉中、宁羌（今宁强县）、
　　沔县（今勉县）、金州（今安康）、鄜州（今富县）、延安、
　　绥德州（今陕西绥州）、榆林、神木等地都有不少屯田
　　士兵

宁夏有宁夏卫、宁夏中屯卫、宁夏左屯卫、宁夏右屯卫、
　　固原卫、宁夏后卫及平房千户所、兴武营千户所、镇

戎千户所等

在甘肃有临洮卫、兰州卫、河州卫、岷州卫、洮州卫等卫所

江淮一带的部分南方人也被迁移到了西北地区

其中既有普通老百姓，也有被发配充军的罪犯

还有王公大臣和豪门大户

明初，朱元璋将近十万守军及其家属迁到甘肃洮、岷地区

这些人大多是南京周边的豪门大户

其中，大部分是被发配充军的开国名将下属

徐达、常遇春、李文忠、沐英、金朝兴、胡大海等人的

　旧部和子弟家眷，原籍凤阳府、应天府

其中充军三万之多，包括家属多达十万之众

朱元璋分封诸子为藩王，各地建王府

设置官署，掌管驻军指挥权

第二子朱樉受封秦王，建藩国于陕西西安府（今陕西西安市）

第十四子朱楧受封肃王，建藩国于甘肃兰州府（今甘肃兰
　州市）

第十六子朱栴受封庆王，建藩国于宁夏卫（今宁夏银川市）

藩王到来，大批护卫军士、家眷、奴仆跟随而至

数万人的移民官府团队

第二十章　逃荒之路：
　　　　　　灾害中的中原

献　词

荒远之荒，凄凉

凉州之凉，凄怆

河西走廊，一场接一场的谜题

像上天设置的路障

饥饿。如虎细嗅

生存像战场

绝望。死亡

逃荒路上

涌来了多少忧伤

中原，请到河西走廊

第二十章 逃荒之路：灾害中的中原

1941 年至 1942 年，一场持久的大旱灾席卷了中原大地

旱灾还未缓解，蝗灾接踵而来

两年间整个河南夏秋两季粮食几近绝收

半省沦陷的河南正在抗日烽火中

1938 年，日军在华北一带大举侵入

5 月 19 日攻陷徐州

之后，日军沿陇海线向西进犯，郑州告急

6 月 9 日，蒋介石采纳"以水代兵"的下策

下令炸开了郑州北郊的黄河南岸渡口——花园口

致使下游一带成一片汪洋

豫东、皖北、苏北一带形成"黄泛区"

豫、皖、苏三省四十多个县受灾

受灾面积五万四千平方公里

导致八十九万人死亡，一千二百多万人受灾

无家可归的灾民扒火车走上了西逃之路

大部分人挑担推车，徒步行走

百万计的河南灾民除大部分落户陕西外

其余流落到了甘肃、新疆、宁夏、青海、四川

第二十一章　西去的列车上

献　词

西去的列车,丁零哐啷

跨过黄河,爬上乌鞘岭

载满坚实的信念

奔赴新疆,走过河西走廊

一路播种,一路归途

河西的人,像流水一样西去

伴随着各地的青春

还有一些欢唱。嘹亮

天色刚刚泛亮。曙光

从河西走廊到天山走廊

土地和人握手

绿洲,点燃希望

第二十一章 西去的列车上

1949 年 11 月的一天，一架飞机从甘肃酒泉起飞

穿越广袤无垠的河西走廊

一路向西。机舱里，王震将军和他的下属们

正热烈讨论着如何屯垦新疆

1950 年 1 月 21 日，新疆军区发布命令

驻疆部队人人参加生产

一年内完成四万公顷开荒任务

第一兵团第二、第六军和新疆民族军第五军大部

由国民党新疆起义部队改编而来的第二十二兵团

共十一万余人投入开荒

在阿克苏、库尔勒、塔城、阿尔泰、伊犁、奎屯和石河子

　　等地安营扎寨，誓在荒原泛起金色的麦浪

年底，垦荒八十五万亩，实现了部队粮油的自给

1950 年至 1952 年，湖南、山东、上海等地动员女青年

　　到新疆当兵

此后，来自全国各地的大批青年女子来疆

成家立业，扎根边疆

随后，部队又分批组织战士，回原籍找对象

回部队办理婚事，安家落户

1956 年，士兵安家问题基本解决

1954 年至 1961 年，兵团迎来了人口迁移的第一个高潮

据统计，仅 1958 年至 1961 年，净迁入人口就达
四十九万

仅 1959 年净迁入人口就高达二十万四千

1955 年至 1956 年招收河北、河南、四川、江苏、上海
等省市初高中毕业生和支边知识青年五万四千人，其
他人员近十万

1959 年至 1961 年，受"大跃进"和"三年困难时期"
影响

有三批大规模的移民

第一批是在 1959 年至 1960 年年初，兵团按国家计划接
收安置了江苏、安徽等省支边青壮年及家属近十万人

第二批是收集安置主动支边人员二十一万

第三批是接受甘肃河西一带移入的职工及家属一万多人

1956 年共有四万多河南青年垦荒队员陆续抵疆

1957 年从河南商丘、新乡等八个地区抽调青壮年民工
四万多到新疆

1958 年，河南又动员两万多青年志愿垦荒队员
前往新疆乌苏垦区的各农场

1958 年 8 月，中共中央北戴河会议决定，在第二个五年
计划期间

从江苏、湖北、湖南、安徽四省动员二百万青壮年支援新
疆建设

1959—1961 年，新疆接收安置江苏、湖北、安徽支边

青年及家属三十多万人

五湖四海的移民,南腔北调喧哗

千里荒原热闹起来了,新的文化

　新的疆域,新的生活开启

昔日戈壁,瓜果飘香

平安、富足、快乐

第二十二章　光风霁月新河西

巍巍祁连未曾改变，擎天屹立
山下的油菜花依然繁盛
牦牛还在山坡上，吻着草草
山鹰盘旋于高天，洞察

那匹自大宛而来的汗血天马
从地下奔腾而起，踩踏了一只神鸟
什么祸乱也没有闯下，平安
黄河从东边西来，跋山涉水
潴野泽波光潋滟
黑河湿地的黑鹳从蛋壳里钻出来
哼唱着西汉的歌谣
五色风凝固于祁连峡谷的山峦
焕彩幻色，痴迷开悟

风电的叶轮像古代骑士的兵器

摆布于无边的戈壁

正如当年的罗马兵团,像一个历史逗哏

正在河西走廊的阳光下讪笑

大路朝天,一条高速公路直通欧洲

一条铁路直抵地中海

西出阳关,朋友遍天下

敦煌,被王道士唤醒

山坡下,佛光普照

两千年镜像尽在其中

长城在远方,像瞭望者的手臂

牵盼着和平,牵盼着烟花

飞船从古老的瀚海深处起飞

在太空遥望着孤独的星球

带着我们的眼睛

回首之间,人间千年

山川俊美,气象万千

参考文献

一、历史典籍

方韬译注.山海经.北京：中华书局，2011年.

二十四史.北京：中华书局.

[宋]司马光编著，（元）胡三省注.资治通鉴.北京：中华书局，1956年.

[宋]李焘著.续资治通鉴长编.北京：中华书局，2004年.

[北魏]郦道元撰，王国维校.水经注.上海：上海人民出版社，1984年.

[北魏]崔鸿撰.十六国春秋.上海：商务印书馆，1937年.

[宋]李昉等撰，夏剑钦等校点.太平御览.石家庄：河北教育出版社，1994年.

[宋]王博撰.唐会要.北京：中华书局，1955年.

[清]徐松撰.宋会要辑稿.北京:中华书局,1957年.

[清]清实录.北京:中华书局,1986年.

二、地方志及文史资料

[清]张澍辑录,周鹏飞、段宪文点校.凉州府志备考.西安:三秦出版社,1988年.

[清]钟赓起著,张志纯等点校.甘州府志.兰州:甘肃文化出版社,1995年.

[清]黄文绵、沈青修纂修,吴生贵、王世雄等校注.重修肃州新志·沙州卫志.北京:中华书局,2008年.

[民国]张维辑录,吴生贵等校注.肃州新志校注.北京:中华书局,2006年.

敦煌市地方志编纂委员会编.敦煌市志.北京:中华书局,2016年.

[清]张澍辑,李鼎文点校.续敦煌实录.兰州:甘肃人民出版社,1985年.

[清]苏履吉修,曾诚纂.敦煌县志.道光十一年刊本,台北:成文出版社,1980年.

《河西志》编纂委员会编印.河西志.1960年.

季林主编.敦煌学大辞典.上海:上海辞书出版社,1998年.

《敦煌市史志》编纂委员会办公室编印.敦煌年鉴(原名《敦煌大事记》2006—2014,内部资料)

《敦煌市地名志》编辑办公室编.敦煌地名志(内部

资料).2011年.

《酒泉市志》编辑工作委员会编.酒泉市志.北京:方志出版社,2008年.

徐兆寿、刘祖强著.丝绸之路上的移民.上海:上海人民出版社,2017年.

陈新民著.河西走廊的移民史.《国学》,2010年第8期.